Lars Gustafsson

Der Dekan

Aus Spencer C. Spencers
hinterlassenen Papieren

Gesammelt und herausgegeben
von Dr. Elizabeth Ney, Bibliothekarin
am Humanities Research Center,
The University of Texas at Austin

Aus dem Schwedischen
von Verena Reichel

Fischer Taschenbuch Verlag

Während meiner zwei Dezennien an der University of Texas in Austin habe ich unter fünf verschiedenen Dekanen gearbeitet. Sie alle waren starke Persönlichkeiten. Die meisten wurden meine Freunde. Der originellste war sicherlich Bob King. Unter anderem machte er mich zum Professor, ohne eigentlich jemanden um Erlaubnis zu fragen. Doch kann ich nicht behaupten, daß einer meiner Dekane der Hauptfigur in diesem Roman seine Züge geliehen hätte.

L. G. im Februar 2003

Veröffentlicht im Fischer Taschenbuch Verlag,
einem Unternehmen der S. Fischer Verlag GmbH,
Frankfurt am Main, April 2008

Lizenzausgabe mit freundlicher Genehmigung
des Carl Hanser Verlag München Wien
Deutsche Ausgabe:

Druck und Bindung: Ebner & Spiegel, Ulm
Printed in Germany
ISBN 978-3-596-17246-7

Inhalt

Diese Welt, von einer anderen aus gesehen

Die Zeit vergeht. Ja, die Zeit vergeht.

Seit einigen Wochen lebe ich nun hier, gerade wo die Wüste anfängt, außerhalb von Sturdy Batte. Wie viele es schon sind, weiß ich nicht genau. Ich war zu sehr mit Dingen beschäftigt, die wichtiger waren, aber dem Besitzer der Pension, Archibald Primrose, Kunstmaler und Gesamtkünstler, merke ich an, daß er allmählich ein wenig argwöhnisch wird.

Er möchte wissen, ob ich meinen Auftrag ernst genug nehme. Er meint, meine Ausflüge in diese Mondlandschaft seien nicht ausgedehnt genug für einen wirklich effektiven Universitätsgeologen. Und das bin ich ja auch nicht.

Um den Schein zu wahren, habe ich ihm gesagt, meine Arbeit befinde sich gerade in einer theoretischen Phase. Ich würde versuchen, für die synklinalen Bewegungen, aus denen die Chisosberge entstanden sind, einen Algorithmus zu entwickeln, genauer gesagt ein Integral. Ich danke Gott, daß er heute morgen beim Frühstück (das tatsächlich ganz hervorragend ist, das Verdienst seiner Ehefrau) einer ausgiebigen Befragung durch einen anderen Gast ausgesetzt war.

Natürlich könnte das Mißgeschick eintreffen, daß eines Morgens ein *echter* Geologieprofessor von der University of Texas auftaucht, mit einer Busladung von Doktoranden und Assistenten. Das würde meinen Einfallsreichtum auf eine harte Probe stellen.

An diesem Morgen begnügte sich Mr. Primrose mit meiner Erklärung der synklinalen Entwicklungen und der Möglichkeit, sie in Integralgleichungen höheren Typs wiederzugeben. Aber er bat – im gleichen Atemzug – um die Miete der letzten zwei Wochen plus einer als Vorauszahlung. Hat er einen Verdacht, oder ist er wirklich so knapp bei Kasse?

Aus verschiedenen technischen Gründen, auf die ich hier nicht näher eingehen will, benutze ich immer noch nicht meine Visakarte, ebensowenig wie meine Mastercard. Statt dessen habe ich ein dickes Bündel Banknoten dabei; an jenem hektischen Nachmittag habe ich mein nicht allzu fettes Bankkonto geplündert.

Was für ein hektischer Nachmittag, fragt ihr.

Jener Nachmittag. Als ich beschloß, die Fragen hinter mir zu lassen. Als ich von Austin aufbrach. Als ich die Dinge selbst in die Hand nahm. Als ich den Stier bei den Hörnern packte.

Also wird Mr. Primrose mit Banknoten bezahlt. Das ist ja heutzutage etwas ungewöhnlich. Aber anscheinend findet auch mein Wirt, daß es so am sichersten ist. Er hat sich nicht beklagt. Er wirkte nicht einmal erstaunt. Vielleicht kommt das hier draußen öfter vor, am Rand der Wüste? Vielleicht ist er Gäste wie mich gewöhnt? Nein, das ist nicht wahr. Die allermeisten sind Touristen, hauptsächlich ältere Paare, Pensionäre, die hierherkommen, um, bevor sie sterben, die exklusiveren, die freieren, die einsameren und größeren Teile des Kontinents zu sehen, auf dem sie in Büros und Werkstätten gelebt haben. Ich bin wohl doch der einzige meiner Art. Ich habe angedeutet, daß ich noch für eine kürzere Zeit bleiben werde. Mr. Primrose hat das zur Kenntnis genommen.

Ich möchte wissen, ob er mir meine geologischen Erklärungen für meine Vorhaben an diesem Ort wirklich abnimmt, oder ob er nur so tut.

*

Mein Gebiet war die sogenannte Philosophie der Neuzeit. Beginnend mit Descartes also, und meine Dissertation beschäftigte sich mit Condillac. Abbé Etienne Bonnot de Condillac. Ich bin ziemlich früh an die Philosophen der französischen Aufklärung geraten, diese Atheisten und Libertins. Das erschien mir als geeigneter Kompromiß zwischen der Antike und der allermodernsten Philosophie, die mich abstieß, entweder durch ihre pedantische Weigerung, sich mit Fragen der Moral und Politik zu befassen, wie der angelsächsische Empirismus, oder durch ihre totale Unbegreiflichkeit wie bei Sartre, Deleuze, Derrida und wie sie nun alle heißen.

Ja, gibt es eigentlich einen Grund dafür, daß ein so bleicher und magerer rothaariger Typ wie Doktor Spencer sich seit Wochen in dieser bescheidenen Wüstenpension aufhält?

Mr. Primrose war anscheinend, nach den unzusammenhängenden Geschichten, die er gern erzählt, während er das Frühstück serviert (nachlässig und ohne darauf zu achten, wie viel Kaffee er jedesmal aufs Tischtuch verschüttet – das jedoch aus billigem Plastik besteht und keinen größeren Schaden nimmt), eine Art Künstler an der San Francisco Bay.

Wo genau, daran kann er sich offenbar nicht so recht erinnern. An einem Tag sagt er Fisherman's Wharf, und am andern San Salito, aber das läuft vielleicht auf eins hinaus. Ich habe da so meine Zweifel. Wie es sich damit eigentlich verhält. Und warum er sich hier niedergelassen hat, kann man sich natürlich auch fragen. Hier in der großen Leere. Unter dem bösen Mond der Komantschen und Kojoten.

Es ist nicht ganz leicht. Zu erzählen. Es ist nicht mein Metier. Aber wenn ihr Geduld habt, ihr vermutlich einzigen Zeugen, die ihr vielleicht eines Tages diese Papiere finden werdet, welche ich Tag für Tag in einer Schublade ganz unten in dem kampferduftenden Sekretär anhäufe, werde ich erzählen, was ich kann.

Aber *alles* läßt sich sowieso nicht erzählen. Soviel ist sicher.

Ein gelehrter Vietnamveteran

Der Dekan?

Freilich. Von ihm erzähle ich gern. Ich will nicht behaupten, ich hätte ihn näher kennengelernt in den Jahren, in denen ich als außerordentlicher Dekan bei ihm tätig war, aber das eine oder andere habe ich doch gelernt.

Ich wurde zum Dekan gerufen.

Das verhieß natürlich nichts Gutes. Selbstverständlich hatte ich Angst. Vom allerersten Anfang an. Ich war ihm noch nie persönlich begegnet. Er zeigt sich bei offiziellen Gelegenheiten nicht so oft wie andere Dekane, da er an den Rollstuhl gefesselt ist. Ich war ziemlich nervös, als ich da im Vorzimmer im West Mall Building wartete.

Pünktlich auf die Minute ertönte das Klingelzeichen des eleganten Telefons im Vorzimmer. Susan, die rotblonde, fröhliche Sekretärin, die auch als Empfangsdame fungierte und sich offensichtlich bemühte, mir die Nervosität zu nehmen, öffnete die Tür, und ich betrat das überraschend große, gediegene Amtszimmer.

Es ist bemerkenswert, wie viel man auf einmal wahrnehmen kann, wenn man in dem aufmerksamen, ja wachsamen Sinneszustand ist, in dem ich mich befand. Die Teppiche, die Radierungen, die Gemälde. Ich schaffte es sogar zu bemerken, daß die Wände mit ziemlich guten Drucken aus Piranesis *Carceri d'Invenzione* geschmückt waren. Die eingebildeten Gefängnisse. Man findet sie öfter bei gewissen anspruchsvollen Menschen, aber selten in einem so klaren und guten Druck. Seit Piranesis Zeit müssen die Druckstöcke schon stark verschlissen worden sein.

Der Mann im Rollstuhl hinter dem großen Eichentisch, auf dem sich Papiere und Mappen in perfektester Ordnung stapelten, war eher von kleiner Statur als groß.

Über den Knien des Dekans lag eine tiefgrüne Decke, welche die Beine verbarg. Im übrigen trug er einen sehr korrekten grauen Anzug, mit einer schwarzweiß gestreiften Krawatte, die ich sofort lokalisieren konnte: King's College, Cambridge. Das erschien mir stilgerecht.

Er war völlig kahl, mit einem kurzen, gepflegten grauen Bart, in dem noch einige Schattierungen von Schwarz zurückgeblieben waren, und die Augen waren von einem sehr kühlen Blau. Das sind die Art von Augen, die das Schlimmste gesehen und doch irgendwie ertragen haben, war mein erster Gedanke. Sie würden beliebig viele Greuel sehen können, und sie würden sie mit derselben ruhigen, leicht amüsierten Neugier betrachten.

Ich machte den Anfang, indem ich mich vorstellte, vielleicht ein wenig zeremoniell und langatmig. So ist nun einmal mein Auftreten. Ich bin ein langatmiger Mensch. Ich kam nicht weit, als mich der Dekan mit einer leisen und auffallend melodischen Stimme unterbrach.

– Spencer. Da ich Sie herbestellt habe, muß ich vielleicht nicht unbedingt über Ihren Namen informiert werden. Ich bin nicht senil. Noch nicht.

Mir blieb natürlich nicht viel zu erwidern. Er hatte das Spiel eröffnet.

– Kürzlich las ich Ihre Arbeit über Condillac. Sehr interessant. Ein feines kleines Buch über einen vernachlässigten Philosophen. Oder vielleicht nur von mir vernachlässigt. Diese Statue ist wirklich eine phantastische Idee, nicht wahr?

 (Es geht darum, daß Condillac sich eines eigentümlichen

Gedankenexperiments bedient. Er stellt sich eine Statue vor. Eine ganz regungslose, kalte und harte Statue. Und dann verleiht er dieser Statue den Geruchssinn. Für den Anfang.

Die Statue nimmt Düfte wahr.

Aber sie kann ja keinen Unterschied zwischen sich selber und dem Duft empfinden. Die Statue ist dieser Duft, aber sie ist auch die Welt.

Die Statue ist, könnte man sagen, in diesem Stadium allmächtig. Oder zumindest sich selbst genug. Das ist phantastisch.)

– Ja, gewiß ist sie das! Hume hatte viel zuwenig Phantasie, um sich so etwas auszudenken. Sie erinnern sich sicher, wie das Ganze weitergeht. Condillacs Statue wird mit einer Fähigkeit nach der anderen ausgestattet. Im letzten Kapitel geistert sie sogar herum und betastet die Dinge, eins nach dem andern, und untersucht, was sie selbst ist und was Außenwelt. Sie läuft herum und wird müde, sehr müde, bis sie einschläft. Aber bald ist sie wieder zugange.

– Als ich Ihr Buch las, begann ich mich mit einer merkwürdigen Idee zu befassen. Könnte man diesen Verlauf umkehren? So daß die Statue eine Fähigkeit nach der anderen verliert, bis sie gewissermaßen nackt dasteht, ganz still und kalt, und ein Duft ist, ein einziger Duft, der dann die Welt wäre?

– Ein melancholischer Gedanke!

– Ja. Vermutlich.

Mit einer plötzlichen Veränderung des Tonfalls schlug er die Mappe auf, welche die Sekretärin wohl auf seinem Tisch bereitgelegt hatte.

– Nun, Spencer, ich habe Sie also hergebeten, um zu hören, was Sie von der Möglichkeit halten, in meinem Büro zu arbeiten, vor allem mit Entwicklungsfragen. Was, wie Sie wissen, hauptsächlich darauf hinausläuft, daß man um Geld bettelt. Ich brauche einen außerordentlichen Dekan, und ich glaube, Sie wären geeignet für den Job.

Ich war kurz davor, ihn zu fragen »warum?«, erkannte aber in letzter Sekunde, daß das vielleicht nicht so gut gewesen wäre. Ich hätte ja auch fragen können, wie er auf diesen Gedanken gekommen war, aber auch das tat ich nicht.

Ich war ganz einfach von der Idee so bestürzt, daß ich wie ein Trottel dasaß und dankend akzeptierte.

– Dann sind wir uns einig, wie mir scheint.

Ich nickte meinen feigen Beifall.

Überraschend hatte er noch eine Frage.

– Sind Sie selbst Atheist, Dr. Spencer? Wie Condillac und Baron d'Holbach?

Er stellte die Frage, als wäre sie *eine* Art Frage. Aber tatsächlich war sie vielleicht eine andere. Aus einem Grund, den ich nicht verstand, war es für ihn offenbar eine wichtige Frage. Ich wußte nicht einmal, ob ich die Pflicht hatte, darauf zu antworten; wir befanden uns immerhin an einer staatlichen Universität, wo es nicht üblich ist, über die Ansichten von Leuten in solchen Dingen Bescheid zu wissen. Wäre ich ein paar Jahre jünger gewesen, hätte ich vielleicht protestiert. Aber es war ganz offensichtlich, daß er aus echtem Interesse fragte.

– Ich bin wohl Atheist.

– Wie interessant! Sehr interessant!

Mit dem Ende seines Bleistifts klopfte er einmal leicht auf den Tisch. Ich deutete das so, daß die Diskussion beendet war.

*

Drei Wochen später wurde ich, zur Überraschung und, wie ich glaube, in gewissen Fällen auch zur Eifersucht meiner Kollegen, unter Übergehung einer langen Reihe viel verdienterer Anwärter, zum *Associate Dean of Research and Development in The College of Liberal Arts* befördert. Auf den ausdrücklichen Wunsch des Dekans.

Das klingt feiner, als es ist. Der Job ist eigentlich ein Laufburschenjob. Ich hätte vielleicht bleiben sollen, wo ich war, zwischen Teetassen und unkorrigierten Aufsätzen mit schlecht formulierten Fußnoten in den stets von Studenten überfüllten Korridoren der Waggener Hall. Es war jener Frühling, in dem im dritten Stock Regenwasser durch das undichte Dach zu tropfen begann und ich also mein Büro ohnehin nicht hätte behalten können. Also zog ich von meinem schmalen alten Zimmer – mit seinen Blechschränken und seit Generationen verschlissenen alten Stühlen und Tischen und lebensgefährlich instabilen Bücherregalen – in ein elegantes Verwaltungszimmer im West Mall Building.

Vom Leben unter der Oberfläche der Seen

Der Dekan, und die meisten seiner Freunde, hatten ein sonderbar inniges Verhältnis zum Coloradofluß, dem Texas-Coloradofluß meine ich natürlich; nicht den anderen, großen weit drüben im Westen. Der in Texas ist imponierend genug. Sie alle haben ihn offenbar in ihrer Jugend mit dem Kanu befahren. Sie sind in den akademischen Rudermannschaften angetreten. Sie sitzen gern in einem Café unten am Fluß und reden von den großen, schrecklichen Frühjahrsüberschwemmungen, ehe alles reguliert wurde. Es gibt ja Fotos, aus der Zeit vor den dreißiger Jahren also, auf denen man ganze Häuser sehen kann, pathetisch schwankend und schon mit dem Erdgeschoß unter Wasser, die von den wilden braunen Fluten mitgerissen werden. Aufgedunsene Kühe, zerschlagene Boote, Anlegebrücken, alles flußabwärts unterwegs.

Dann kam Präsident Roosevelts Aufbauprogramm, als die großen Kraftwerksdämme emporwuchsen. An Stelle des unruhigen Flusses entstanden große, ruhige Seen, Buchanan, Travis. Einige davon so groß, daß sie einen Meereshorizont besitzen; nur Himmel und Wasser. Durch diese großen Seen geriet vieles unter Wasser, nicht nur eine ganze Menge Zedernwald und die übrige Vegetation. In Buchanan soll eine komplette Tankstelle mit einem Feinkostladen untergegangen sein. Aber der letzte Besitzer soll alle seine Regale und Benzinpumpen geleert haben, bevor er sich mit seinen staatlichen Entschädigungsgeldern nach Seattle zurückzog. Unter der von Kalksedimenten tiefgrünen Oberfläche des Lake Travis verbergen sich nicht weniger als zwei kleine Kirchen, eine baptistische und eine methodistische.

Und es gibt noch mehr da unten in der Tiefe, die in gewissen Fällen hundert Meter überschreitet. Da schlängeln sich die alten Wege, von Algen bedeckt, zwischen seit Jahrzehnten nackten Bäumen hindurch, die jedoch nicht modern (denn Holz modert nicht in Süßwasser). Vielleicht gibt es dort alte geparkte Autos, Schmieden, in denen Katzenfische ein und aus schwimmen, grüne Räume tief unter der Oberfläche, in denen sich die Konturen einer vergessenen Wiege und einer langsam zerfallenden Kommode abzeichnen.

In einer Küche stehen noch grüne Flaschen im Regal. Und die kleinen Fische schwimmen durch die Augenhöhlen eines ermordeten Mannes ein und aus, der einst hinter einer Tapetentür versteckt wurde.

(Mitunter, wenn ein Anker sich in der Tiefe verhakt hat, kann er seltsame Dinge an das rücksichtslose Tageslicht befördern, das über diesen Seen herrscht.)

[*Schaden im Manuskript*]

Es gebe, sagte der Dekan, nur einen Buchladen in der ganzen Stadt, der es haben könnte.

Ich verstand sofort, welchen er meinte. Es war natürlich jener Buchladen. Ich fragte höflich, wann er es bräuchte, und bekam eine ziemlich überraschende Antwort:

– O nein. Ich brauche es überhaupt nicht. Ich habe es gelesen. Sie brauchen es.

Gegen fünf machte ich mich also mit meinem alten Mazda Pick-up im zunehmenden Verkehr ins südliche Austin auf. Vorbei an mexikanischen Läden von der Sorte, die magische Salben verkaufen, piñatas für die Geburtstagsfeste der Kinder, Traumdeutungsbücher, Anleitungen in der Liebeskunst und eigenartig gewürzte Bonbons, in buntes Papier aus Yucatan gewickelt, vorbei an lustigen kleinen Restaurants mit echter mexikanischer Küche, gebratenem Zicklein und all den anderen Köstlichkeiten, vorbei an Autowerkstätten, die fast in rostigen alten Karosserien, Ölfässern und Autoreifen zu ertrinken scheinen, Herbergen für illegale Arbeitskräfte, individuell oder in Gruppen von bis zu dreißig Mann zu mieten, alle im Schatten sitzend und rauchend, in der Hoffnung auf Jobs, ja, an all dem vorbei und hinein in Viertel mit zunehmend kleineren, kastenartigen Häusern unter einem dichter werdenden Dach von immer tieferem Grün.

Der Buchladen hatte nicht viel, was ihn nach außen hin als Buchladen kenntlich machte. Es war ein kleines Haus unter hohen Pecanbäumen wie die anderen. Ein Haufen von großen, leeren Kartons in der Garageneinfahrt. Dort dürfte schon lange niemand mehr ein Auto abgestellt haben.

Ich öffnete die Außentür, die nur die Mücken abhalten sollte, und fand die richtige Tür offen. Es gab so viele Bücher da drinnen, daß man sich in schmalen Gängen zwischen Regalen und Stapeln bewegen mußte. Der Bücherstaub ließ mich niesen. Ich hatte immer schon ein kräftiges Niesen, und das Geräusch brachte jemanden in einem Hinterzimmer in Bewegung.

Ich weiß nicht, was ich erwartet hatte, aber aus dem Hinterzimmer kam Mary Elizabeth, gerade so selbstverständlich, als hätte sie immer da gesteckt.

[*Feuchtigkeitsschaden im Manuskript, Textverlust*]

– Anthony T. Winnicott?

– Ein interessanter Schriftsteller.

– Haben Sie schon was von ihm gelesen?

– Ja, unter anderem *Geh leise! Sprich nicht mit den Fliegen!* Das ist schon ein sehr ungewöhnliches Buch. Diese Idee, daß die materielle Welt wirklich nur eine Illusion sei. Eine Illusion, die nur dazu diene, uns gefangenzuhalten.

– Die haben andere auch schon gehabt.

– Aber keiner hat sie richtig konsequent verfolgt. Außerdem muß man sagen, daß er unglaublich misanthropisch und pessimistisch ist. Er hält die Menschheit für einen Fehlschlag.

– Sie haben nicht zufällig seinen Band mit Kurzgeschichten gelesen?

– Nein.

– Den habe ich hier. Aber er ist ziemlich teuer. Er ist nur in einer einzigen Auflage erschienen, in einem kleinen

Verlag in San Francisco. *Die Karten zerfallen in der Feuchtigkeit* heißt er. Soll ich ihn heraussuchen?

– Gern.

Ich war immer noch leicht benommen von dem Wiedersehen mit Mary Elizabeth. Ich hatte vergessen, wie interessant sie war.

– Eigentlich hatte ich ein anderes Anliegen. Unser Dekan Professor Paul Chapman meint, ich solle unbedingt ein Buch mit dem Titel *Die Pilzgöttin und ihre Söhne* lesen. Es geht offenbar um Fliegenpilze. Und um Schamanismus. Ich habe keine Ahnung, warum er will, daß ich es lese. Vielleicht will er mich loswerden. Aber das wäre doch überraschend.

– Mal sehen, ob ich es finde, sagte Mary Elizabeth.

Als sie sich über die Kästen mit den vergilbten und abgegriffenen Karteikärtchen beugte, konnte ich nicht umhin, ihre schmale elegante Hüftlinie zu beobachten, die sich unter den verschlissenen Jeans abzeichnete.

Zwischen den Brüsten – klein und fest unter einem ausgewaschenen hellblauen Pulli – hing ein kleiner Fisch aus Gold an einer sehr dünnen Kette aus demselben Material.

– Da! Phantastisch – wir haben es! Wie konnte Professor Chapman das wissen? 1913 in Leipzig gedruckt, mit gut erhaltenem Einband. Hier steht es.

– Ich nehme es. Ich freue mich über dieses Wiedersehen, Mary Elizabeth.

– Ich auch. Deswegen bin ich heute auch hier. Sonst wäre der Laden geschlossen.

In diesem Augenblick wurde mir klar, daß ich dieses Mädchen wirklich haben wollte.

 Aber auch, daß es nicht ganz leicht sein würde.

– Was tun Sie da in Ihrem Hinterzimmer? Gibt es irgendwas Spannendes?

– Eine Menge. Zum Beispiel die Science-fiction-Romane von Anthony Travis Winnicott.

Ich hatte von ihnen gehört. Winnicott war hier in der Stadt ziemlich bekannt gewesen, besonders in den achtziger Jahren. Er besaß ein Antiquariat, und man sah ihn oft auf dem Campus, vor allem in der Bibliothek. Es wurde viel über ihn geredet. Es hieß, er hätte eine Art mystisches Erlebnis gehabt, mit dem er zurechtzukommen versuchte. Ein regelrechter Kreis hatte sich um ihn gebildet, hippieartige Typen, die Haare im Stil der Sechziger zu einem Pferdeschwanz gebunden. Vermutlich mit einigen recht exklusiven Drogengewohnheiten. Und alle stark mit religiösen Problemen beschäftigt. Menschen, die an Utopien geglaubt haben und aufhören daran zu glauben, werden ja leicht fromm.

Später verschwand er und hinterließ eine Dame, die wahrscheinlich seine Ehefrau war. Ein schweigsames Mädchen von kleiner Statur. Vermutlich sehr intelligent, aber nicht gesprächig. So hieß es jedenfalls.

Es muß irgendwann Anfang der neunziger Jahre gewesen sein.

Ich hatte das *Barabbastheorem* gelesen, eins von diesen Büchern, die eine alternative Weltgeschichte entwerfen und in denen Hitler und anderen Größen der Weltgeschichte ganz andere und unbedeutende Rollen zugeteilt werden, während unbekannte Personen die Welt beherrschen und sie in noch seltsamere Richtungen lenken. *Wenn der letzte Mensch gestorben ist, wird das ganze Sonnensystem ein sehr viel sichereres Versteck sein* ist ja in seiner unwahrscheinlichen Länge ein faszinierender Romantitel. Aber ich muß gestehen, daß ich es nicht einmal geschafft habe, mich durch die

Einleitung hindurchzukämpfen. Sie war so eigentümlich philosophisch und entwickelte auf so sonderbare Weise die Theorie von Parallelwelten, daß ich das Buch zur Seite legte, ehe ich überhaupt zur eigentlichen Handlung gelangt war.

Immerhin verstand ich, daß eine der Hauptpersonen ein ostsibirischer Schamane war, der vor ein, zwei Jahrtausenden lebte. Wie alle wirklich großen Schamanen mußte er drei Tage lang kopfüber in einem Baum hängen, um anschließend in die Unterwelt hinabzusteigen. Was ihm dort begegnete, weiß ich nicht, aber ich erinnere mich, daß ich den Eindruck hatte, das Ganze sei vermutlich eine Spur zu intellektuell für mich.

Jetzt nahm ich aufs Geratewohl ein paar von seinen Romanen aus dem Regal. Winnicott ist aller Wahrscheinlichkeit nach tot. Es ist immer ein sonderbares Gefühl, wenn man ein Buch von jemandem in der Hand hält, der tot ist. Nicht ein Buch von Goethe oder Aristoteles. Ich meine ein Buch von jemandem, den man kannte und der jetzt tot ist.

Was sind sie?

Die Bücher: so etwas wie Fußabdrücke im Sand? Oder Wiedergänger? Eine Art von altertümlichen, verschwommenen Fotografien?

– Eins von Winnicotts Büchern handelt von einem Geheimagenten, sagte Mary Elizabeth. Er hat den Auftrag, ins Zentrum einer nicht näher bezeichneten islamischen Militärdiktatur vorzudringen und dem Diktator so nahe wie irgend möglich zu kommen, um ihn dann zu ermorden. Er muß die Sprache perfekt beherrschen – Arabisch oder etwas Ähnliches –, und er muß dem Diktator eine selbstmörderische Ergebenheit und eine totale Identifikation mit all seinen Idealen erweisen. Während er die ganze Zeit gegen ihn arbeitet. Auf äußerst diskrete Weise. Aber du solltest es selber lesen. Hier ist das erste Kapitel. »In der Bibliothek« heißt es. Es handelt davon, wie der Geheimagent seinen Auftrag erhält.

Eigentlich habe ich keine Zeit, sagte ich. Aber laß mich jedenfalls einen Blick hineinwerfen.

– Es ist nicht sicher, daß Sie heute abend noch zu etwas anderem kommen, wenn Sie mit diesem Buch anfangen. Setzen Sie sich her zu mir, da haben Sie besseres Licht.

– Und was tun Sie unterdessen?

– Rechnungen schreiben.

– Nichts Schlimmeres?

– Nein, was sollte übrigens schlimmer sein?

– Was weiß ich!

– Wissen Sie, was ich glaube? Es hat nie einen Winnicott gegeben!

– Und wer hat seine Bücher geschrieben?

– Raten Sie mal!

*

Was meinen wir damit, daß etwas natürlich ist? Mir ist einmal eine Öko-Fanatikerin begegnet, die hartnäckig behauptete, Kernreaktionen seien so unnatürlich. Ich möchte wissen, ob sie irgendwann ihre grünen Jalousien hochgezogen und für einen Augenblick zum nächtlichen Sternenhimmel aufgeschaut hat. Ich frage mich, ob es überhaupt etwas Unnatürliches geben kann? Ist die Natur nicht insgesamt im Grunde genommen äußerst unnatürlich? Eine Ausnahme von dem einzig Natürlichen, dem einzig wirklich Wahrscheinlichen, das selbstverständlich die Leere ist.

Es ist schrecklich: In meinem Kopf herrscht seine Art zu denken. Ich versuche mit allen Mitteln, zu mir selbst zurückzufinden, aber es ist die Stimme des Dekans, die ich höre. Ein wenig nasal überheblich, mitunter ironisch, und manchmal mit einer Art von trockener Kälte, die einem durch Mark und Bein geht, wenn man erst einmal gelernt hat, was sie bedeutet.

Wie kann er so viel reden, wenn er nicht mehr da ist!

Diese Stimme, die mich bis hierher in die Wüste zu verfolgen scheint, macht den Eindruck, aus der großen Leere zu kommen. Es ist eine Stimme, die sagt, daß es keinen Sinn gibt. Oder möglicherweise, daß du selbst den Sinn finden mußt.

Hin und wieder träume ich vom Dekan. Dann taucht er in einer ganz anderen Kostümierung auf; nicht mehr im Rollstuhl und im dunklen, eleganten Anzug mit der Krawatte einer Universität, die ihn zum Ehrendoktor machte. Nein, im Traum ist er ein französischer Gärtner. Er geht auf seinen Beinen, er dreht mir immer den Rücken zu, und der Kopf ist unter einem großen, breitkrempigen Hut verborgen. In den Träumen gibt es keine Möglichkeit zu sehen, daß es der Dekan ist. Ebensowenig, daß dieser Gärtner ein Franzose ist. Aber es ist der Dekan als französischer Gärtner.

Ich glaube, der Traum hat mit etwas zu tun, was er einmal erzählt hat.

Die Evolution rumort und werkelt und windet sich, bis sie es geschafft hat, französische Gärtner und ihre Kunden hervorzubringen. Und diese wiederum bringen französische Gärten hervor. Französische Gärten sind also ein evolutionäres Produkt, in ebenso hohem Grad wie ein Korallenriff vor Key West oder ein Lungenfisch in einem ausgetrockneten afrikanischen Fluß.

 Es gibt keine Wege, die aus der Natur herausführen. Und

es gibt nichts Unnatürliches. Wie die weite Wüste Chihuahua sieht ein Großteil der Welt aus. Seerosen und blauäugige Seen und mächtige, von sorgsam gepflügten Feldern umgebene Eichenwälder bilden die Ausnahme.

So sieht die eigentliche Welt aus. Sie hat ein großes, leeres, ausdrucksloses Gesicht.

Das weiß ich jetzt.

Es brauchte seine Zeit, sich einzugewöhnen.

Paradoxerweise war dieser arbeitsame Dekan mitunter stundenlang abwesend, vor allem nachmittags. Er fuhr in seinem hochgerüsteten elektrischen Rollstuhl durch die Korridore und hob sich mit einer praktischen kleinen Vorrichtung in sein speziell eingerichtetes Auto.

Dafür, daß ihm die Beweglichkeit der Beine fehlte, war er wirklich ein erstaunlich beweglicher Herr.

[*unlesbarer Abschnitt*]

Da war also Susan, ein rundliches, freundliches, lachlustiges Mädchen, nun ja, Mädchen, sie war wohl in den Dreißigern, und es gab Janet und Jessica, etwas trockener und gesetzter, die offenbar sehr gute Freundinnen waren und ein wenig auf der Hut vor der jüngeren und fröhlicheren Susan.

Gertrude war natürlich diejenige, die mich am meisten interessierte. Warum fühlen wir uns stets von einer bestimmten Art von melancholischer Kälte angezogen? Oder empfinde nur ich das so. Oder war es vielleicht nicht die Melancholie, sondern ihre großen, intelligenten Augen? Immer schick gekleidet, immer die Bluse bis zum Hals zugeknöpft, meistens schwarze Strümpfe, elegante Schuhe.

Es war Susan, die ich ausführte, erst in die Bar Four Seasons, ein elegantes Lokal, das ihr mit seinen blitzschnellen Kellnern und seiner endlosen Liste von seltsamen Cocktails offenbar gefiel. Und beim nächsten Mal in ein etwas dunkleres und intimeres Lokal, Anthonys, bekannt für seinen hervorragenden Jazz. Aber auch dafür, daß Leute mit einem Hang zu – wie es heißt – illegalen Substanzen dort verkehren. Ich war nicht ganz sicher, ob es ein Lokal war, in dem sich ein außerordentlicher Dekan vom College of Liberal Arts sehen lassen sollte, aber Susan schien sich hier ganz heimisch zu fühlen. Außerdem zeigte sie mir den Dekan der Technischen Fakultät, der da mit einigen japanischen Professoren in einer Ecke saß und einen Whisky nach dem anderen kippte.

Wir tanzten, und später in diesem Sommer schliefen wir auch miteinander – ja, das war wohl ziemlich selbstverständlich. Es war an einem Abend, an dem wir das Büro ungefähr gleichzeitig verließen und feststellten, daß unsere Autos auf dem Parkplatz direkt nebeneinander standen.

– Warum nicht einfach mein Auto nehmen?

Es war Susan, die den Vorschlag machte.

Sie hatte einen Duft von ein klein wenig überreifen Äpfeln. Und etwas in der Art von Pfirsichen, die ein bißchen zu lange im Kühlschrank gelegen haben.

Natürlich gingen wir noch öfter aus. Ich glaube bestimmt, daß Gertrude es merkte.

Im Unterschied zu ihrer Chefin, Gertrude, konnte Susan auf die Art vertraulich werden, daß sie ein klein bißchen über den Dekan zu plaudern anfing. Darüber, was sie von ihm wußte.

Von dem Mann unten am The Drag, mit irgendeiner Werkstatt, der offenbar ein Vertrauter war. Von den seltsamen Phobien des Dekans: er hatte zum Beispiel eine unerhörte Angst vor Fliegen und konnte ganz bleich werden, wenn nicht sofort eine der Sekretärinnen kam, um sie mit einem zusammengerollten Exemplar von *The Austin Ameri-*

can Statesman zu erschlagen, das gewöhnlich eigens für diesen Zweck bereitlag. Sie erzählte von seinen eigentümlichen, plötzlichen Anfällen von Paranoia: wie eine völlig harmlose Person oder eine ganz unschuldige Bemerkung ihn in eine Art von gesteigerter Bereitschaft versetzen konnte, die an Feindseligkeit grenzte. Davon, daß er Telefongespräche wirklich haßte und daß er seine Sekretärinnen offenbar darauf gedrillt hatte, so gut wie niemanden zu ihm durchzustellen, ausgenommen den Verwaltungsdirektor, den Rektor oder den Kanzler.

– Privatleben? Freunde?

– Doch, er hatte schon etwas, das einem Privatleben glich. Auf jeden Fall hatte er Hobbys. Den Buchladen beispielsweise. Übrigens kursieren sonderbare Gerüchte über den Dekan.

– Was für Gerüchte?

Es brauchte seine Zeit, sich einzugewöhnen.

Gertrude, streng und schick, war nicht besonders verbindlich.

Man hatte fast den Eindruck, daß sie es ungern sah, wenn neue Mitarbeiter kamen und störten. Wobei sie eigentlich störten, war nicht so ohne weiteres zu erkennen. Aber irgend etwas war es. Als wir nach einigen Wochen anfingen, miteinander zu reden, fragte sie mich, warum ich diesen Job angenommen hätte. Sah sie in mir eine Art von Konkurrenten? Ich muß gestehen, daß sie meine Neugier weckte. Fast mehr als Neugier. Ich schlug im Universitätshandbuch nach, um herauszufinden, wo sie wohnte. Aber es stand keine Adresse dabei. Man muß sie nicht angeben, wenn man nicht will. Eine Möglichkeit, die gelegentlich von Angestellten genutzt wird, die politische Flüchtlinge sind, aber noch öfter von geschiedenen Frauen, die keinen

Besuch von ihren Ex-Männern wünschen. Ich wollte alles über sie wissen. Nicht nur, wo sie wohnte, ob sie verheiratet oder ledig war.

Und vor allem: In welcher Beziehung stand sie eigentlich zu Professor Chapman? Was ich ziemlich schnell entdeckte, war, daß die beiden nicht viele Worte wechselten. Zwischen ihnen herrschte ein inhaltsreiches Schweigen. Nicht angespannt oder unfreundlich. Nein. Es war die Art von Wortkargheit, wie sie zwischen Menschen existiert, die nicht viele Worte brauchen.

Ich versuchte – diskret – Susan auszuhorchen. Da kam ich nicht weit. Ich hatte den Eindruck, Gertrude sei die Art von Person, die man nicht zur Sprache brachte. Es gibt solche Personen.

Man hätte erwarten können, daß der Frühsommer, vor dem Sommerhalbjahr und nach Ende des Wintersemesters, an einem solchen Ort eine ziemlich ruhige Zeit sein würde. Aber es kam anders. Es zeigte sich nämlich, daß uns ein erstklassiger akademischer Skandal bevorstand.

Eine Professorin, eine sozialpsychologische Größe (etwas übereilt von Harvard eingekauft, eine populäre Figur in einer der modernen Tüchtigkeiten, Minderheitenforschung oder etwas dergleichen, und äußerst gefragt aufgrund ihrer außerordentlichen Fähigkeit, in ihren empirischen Untersuchungen immer politisch korrekte Ergebnisse zu erzielen), hatte, wie sich herausstellte, grob mit ihren empirischen Daten geschummelt. Sie log ganz einfach eine Reihe von psychologischen Ergebnissen zusammen, im großen und ganzen solche, die geeignet waren, das traditionelle Bild zu untermauern, daß Minderheiten und andere »schwache« Gruppen von den Behörden »gestützt« werden müßten, wenn etwas aus ihnen werden sollte.

Das Ärgerliche war nun nicht nur, daß eine Professorin, die populär und en vogue war, geschummelt hatte.

Sie hatte Doktoranden, die also wohl oder übel gefälschte Forschungsergebnisse übernommen hatten. Etwas, das sie durchaus für den Rest ihres Lebens verfolgen könnte und bereits jeden Aufsatz, den sie bisher veröffentlicht hatten, wertlos machte. Einem solchen Skandal zu begegnen, war nicht leicht. Der Dekan meisterte es souverän. Es wäre ihm nie in den Sinn gekommen, uns als Opfer des geglückten Coups einer Betrügerin hinzustellen. Und vor allem nicht so, daß die Arbeit der Fakultät in Frage gestellt werden könnte.

Im Gegenteil. Wir hatten, das machte er nachdrücklich bei einer Pressekonferenz deutlich, unsere Qualität und vor allem unsere Qualitätskontrolle bewiesen, indem wir rechtzeitig entlarvten, was sich bei einer weniger aufmerksamen Institution zu einem handfesten Skandal hätte auswachsen können.

Das war ja nicht die ganze Wahrheit, denn die Arbeiten von rund einem Dutzend Doktoranden waren kompromittiert und mußten ganz von vorn geschrieben werden. Aber alle, einschließlich des Universitätskanzlers Finn Perturber III., waren hochzufrieden mit dem, was sie »die überlegenen informatorischen Talente des Dekans« nannten. In den obersten Korridoren im Turm gebrauchten sie tatsächlich eine solche Sprache.

Aber man kann sich vorstellen, wie viel zusätzliches Gerenne und vor allem wie viele Sondersitzungen eine solche Sache in Gang bringen kann.

Die Mischung aus der plötzlich hereinbrechenden Sommerhitze und einer gewissen akuten Krisenstimmung im West Mall Buildung schuf eine besondere Atmosphäre. Die

Art von Atmosphäre, in der alles mögliche geschehen kann. An diesen Juniabenden arbeitete ich ziemlich lang und ging in einem Zustand innerer Leere, die sich an solchen Abenden gern einstellt, durch die warme Nacht zum Parkplatz. Die Stare, so typisch für diese Jahreszeit, kreischten rings um den Parkplatz. Sie bewegten sich wie der schwarze Wirbel der Seelen, die Dante in seinem Inferno beschreibt, wenn ich es recht erinnere, am Anfang der Episode, in der Dante Paolo und Francesca begegnet. Zu dieser Jahreszeit bestellte man gewöhnlich Jäger oder jedenfalls Herren mit Luftgewehren, um diese hartnäckigen und lärmenden Vögel zu vertreiben.

Zuviel Gerede an Telefonen, zuviel Hören auf das Geschwätz der anderen, die Sorge, etwas zu tun, was sich gleich darauf als fataler Fehler erweisen würde – ich hatte das starke Gefühl, wenn etwas in diesem Moment schiefginge, würde es unangenehme Konsequenzen haben, Ereignisse mit langfristigen Folgen könnten hier ihren Anfang nehmen.

Als ich zu meinem Auto kam, entdeckte ich direkt daneben einen wohlbekannten Schatten. Es war Gertrude Holländer. Aufrecht, still, korrekt nach einem hektischen Tag.

Es mußten ungefähr fünfundzwanzig Grad sein, auch im Schatten unter den Bäumen. War diese Frau überhaupt imstande zu schwitzen?

Ich konnte meine Überraschung nicht verhehlen.

– Haben wir etwas vergessen?

– Nicht daß ich wüßte.

– Aber?

– Lassen Sie uns zusammen ins Kino gehen. Heute abend.

– Aber es laufen keine guten Filme.

– Spencer – ist es so schwer, andere Menschen zu verstehen?

Ihre Wohnung, die schön und aufgeräumt und ein bißchen unpersönlich war, duftete nach Hyazinthen und Bohnerwachs.

Ich erinnere mich nicht an besonders viel. Nein, ich erinnere mich an alles, wage mich aber nicht daran zu erinnern. Wie sie selbst, sehr langsam, ihre strenge Bluse aufknöpfte, und wie sie selbst ihren Büstenhalter aufhakte, um mir ihre überraschend großen, festen Brüste zu zeigen. Mit den sehr dunklen Nippeln. Die kein Kind berührt hatte. Mit kindlichen Lippen.

All das erzeugte damals große Lust. Und quält mich jetzt.

Zunächst nahm alles seinen ziemlich normalen Lauf. Die Dinge entwickelten sich ungefähr so, wie man es erhoffen konnte. Und Gertrude, aufrecht im Bett sitzend, so daß man im Morgenlicht deutlich sehen konnte, wie fest, jungfräulich fest, ihre Brüste waren, die Haare in prachtvoller Freiheit über ihren Schultern schwingend, ach, diese Haare, die nie anders gesehen worden waren als streng zu einem Knoten hochgesteckt, wie bei einer Krankenschwester oder dergleichen.

– Wohin fährst du eigentlich den Dekan an den Donnerstagabenden?

– Zu einem Buchladen.

– Buchladen? Aber ist der so spät abends geöffnet?

– Für den Dekan schon.

Eine exzentrische Radiosendung

Wenn ich nur verstehen könnte, wie das Ganze anfing. Es gab natürlich einen Tag, an dem es anfing, so viel steht fest.

Aber welcher Tag es gewesen sein mag, dessen bin ich mir nicht mehr ganz sicher. In diesem Sommer, dem ersten Sommer im Büro des Dekans, fuhr ich oft schon gegen fünf Uhr früh von zu Hause los. Einesteils, weil die Temperatur dann noch angenehm ist, nicht mehr als zwanzig, fünfundzwanzig Grad. Und das Beste war, daß noch kein Verkehr herrschte.

Zu der Zeit gab es irgendwo bei neunzig Megahertz, wo alle sonderbaren Stationen liegen, den Moderator einer Anrufersendung, der offenbar im Begriff war, verrückt zu werden. Mit jedem Tag wurde er verrückter, und die Leute genossen das ungemein. Eine Weile muß seine Sendung die beliebteste von all diesen albernen Anrufersendungen gewesen sein, die heutzutage auf allen Wellenlängen ins Kraut schießen. Er brachte Morgen für Morgen immer merkwürdigere Menschen dazu anzurufen, um die abstrusesten Fragen zu diskutieren. Nach und nach wurde er so skandalös, daß die Station ihn offenbar nicht mehr verkraftete und sich von ihm trennte.

Der Höhepunkt an Abstrusität und Irrwitz ereignete sich an einem Morgen, ich glaube, am ersten Juli jenes Jahres, als er seine Hörer dazu brachte, von ihren dunklen Seiten zu berichten. Von den Gemeinheiten, die sie einander angetan hatten. Mir fällt es sehr schwer zu verstehen, wie jemand freiwillig bei einer solchen Sendung mitmachen kann. Aber offensichtlich gibt es Menschen, die das tun. Er forderte die Hörer auf, von ihren Müttern zu erzählen. Und warum sie ihre Mütter haßten. Eine Hörerin, eine junge Dame, berichtete, daß ihre Mutter sie viermal am Tag anriefe, um sie zu kontrollieren. Ich glaube, mindestens einer behauptete, seine Mutter vergiftet zu haben. Mit Zyanid im Nachmittagskaffee. Aber dieser Hörer zog sein Bekenntnis sofort zurück. Und erklärte, er habe nur einen Scherz gemacht.

Natürlich wurde dieser Moderator gefeuert. Der Druck der Anzeigenkunden und der Christen wurde schließlich zu stark. Vermutlich war das zumindest von den Anzeigenkunden unklug. Eine solche Sendereihe hätte alle Möglichkeiten gehabt, ein durchschlagender Erfolg in ganz Amerika zu werden.

Einmal, weil sie das Böse populär machte. Vielleicht sogar eine Menge Menschen davon überzeugt hatte, daß es ein Vorurteil sei, gegen das Böse Partei zu ergreifen, ungefähr so wie es ein Vorurteil ist, gegen Homosexuelle zu sein. Wenn gewöhnliche, hart arbeitende, Steuer zahlende Menschen imstande sind, gräuliche Handlungen zu begehen, ihre untreuen Ehemänner mit kleinen wiederholten Dosen von Strychnin im Morgenkaffee zu vergiften oder Zuckerstücke in den Benzintank der Nachbarn zu tun, so daß der Motor ungefähr dann abstirbt, wenn sie die Autobahn erreicht haben (beide Beispiele kamen in dieser Anrufersendung vor), kann doch nichts Falsches oder Abnormes daran sein, wenn man böse ist? Vielleicht denken Menschen so, daß die Tatsache, böse zu sein oder böse Handlungen zu begehen, genauso natürlich ist wie alles andere? Was ist übrigens das Natürliche?

Außerdem gab die Sendung einer ganzen Reihe von Menschen die Chance, hervorzutreten und sich im Rampenlicht zu zeigen, zwar in der Anonymität der Radiosendung, aber immerhin. Eine Chance, die sie auf keinen Fall verpassen wollten.

Das würde nicht nur dazu führen, daß die Menschen ihre wirklich gemeinen Handlungen nicht mehr sonderlich bereuten. Sie wären sogar stolz darauf.

Verhält es sich mit mir genauso? Ich fürchte, so ist es.

Jedenfalls, was ich von diesem verrückten Moderator und seinen merkwürdigen Gästen erzählen wollte, war die Sache mit der Eifersucht. Ich kann versichern, von allen telefonischen Berichten über Gemeinheiten, die Leute begangen haben, handelten bestimmt neunzig Prozent von Eifersucht. Der Erfindungsreichtum kannte keine Grenzen, wenn eifersüchtige Eheleute sich an ihrem Ehemann, an der Ehefrau, an der Geliebten und so weiter in allen denkbaren Möglichkeiten und Verwicklungen rächen wollten.

Serviere dem Rivalen den Urin der Geliebten im Morgenkaffee. Tu der treulosen Geliebten eine tote Ratte in den Geflügelsalat, säuberlich zerlegt und geschnitten.

Ganz zu schweigen von allen Gemeinheiten, welche die menschliche Kommunikation zuläßt. Für einen Rivalen eine Anzeige in einer Zeitschrift für homosexuelle Kontaktanzeigen aufgeben, eine skandalöse Internetseite in seinem Namen eröffnen. Den Kopf der treulosen Frau auf ein groteskes Aktbild von einer garstigen alten Hexe montieren.

Ach ja! Der menschliche Erfindungsreichtum läßt uns nicht im Stich.

Das wissen wir ja.

Aber was *ist* eigentlich Eifersucht?

Es ist ziemlich klar, daß sie nicht das geringste mit Neid zu tun hat. Wenn man dem Nachbarn seinen Jaguar neidet und genug Geld hat, kann man sich doch genauso einen kaufen, oder? Und damit ist das Problem gelöst. So funktioniert der Neid. Man kann sich natürlich eine Reihe von Varianten vorstellen. Wenn man bösartig neidisch ist, kann man beispielsweise den Jaguar des Nachbarn zerstören, ihn in Brand stecken, ihn stehlen. Damit stellt man wieder eine Art von Gleichgewicht her, nicht wahr? (Mein Vater pflegte zu sagen, das einzige, was vom modernen Sozialismus übriggeblieben sei, nachdem alle aufgehört hätten, an Marx zu glauben, sei der Ehrgeiz, einen Zustand zu schaffen, in dem keiner den anderen beneiden kann. Und das gelingt ja, wenn ein wachsamer Staat sich beeilt, die Bedingungen jeder Gruppe zu verschlechtern, die Ansätze zeigt, sich hervorzutun. Es ist nur so, fuhr er dann fort, daß die Menschen auch auf diese Art nicht glücklich werden. Sie wollen neidisch sein. Das verleiht ihrem Dasein Spannung und Lebendigkeit.)

Mit der Eifersucht verhält es sich ganz anders.

Niemand hat etwas davon.

Und man kann keine Abhilfe schaffen, indem man sich genauso eine Frau oder ein Mädchen, einen Liebhaber oder eine Geliebte sucht wie die, die man an jemand anders verloren hat. Die Eifersucht ist so viel wirklicher als der Neid. Und wo der Neid nur mürrischen Unwillen hervorruft, erzeugt die Eifersucht richtigen Haß. Den, der einem den Besitz streitig macht – kann einem ein Mensch wirklich gehören, nein, aber man kann ihn besitzen –, will man vernichtet, vom Erdboden ausgelöscht sehen. Punktum.

Es ist immer der bessere Liebhaber, der gewinnt. Das mußt du doch verstehen, Spencer.

Es ist immer der bessere Liebhaber, der gewinnt.

Das war es also, was sie gesagt hatte. Mary Elizabeth.

*

So ging es mir jedenfalls. Ich wollte ihn verschwinden sehen.

(Und ich sah ihn ja auch verschwinden. Aber *darauf* wollen wir hier nicht eingehen.)

Wie ich davon erfuhr? Daß sie mich betrog, wie es heißt? Daß sie nicht nur Nächte, sondern auch ganze Tage in Cousin Dereks breitem Wasserbett oben in einem Turmzimmer dieses scheußlichen neuen Palasts verbrachte, den er sich gebaut hat. Daß sie ihm erlaubte, sein widerliches Geschlechtsorgan in einen Körper einzuführen, der mir und keinem andern gehörte.

– Spencer, da ist etwas, was ich dir sagen muß. Ich habe einen anderen Mann gefunden. Der ein bißchen älter ist als du. Und an ihn gedenke ich mich in Zukunft zu halten. Damit es keine Mißverständnisse gibt, will ich das erzählen. Er paßt ganz einfach besser zu mir. Verstehst du, Spencer?

Zuerst fand ich, das wäre gehupft wie gesprungen. Was scherten mich ihre Liebesaffären? War es im Grunde nicht ganz angenehm, sie loszuwerden? Ich war in fast ein bißchen aufgekratzter Stimmung, legte Beethovens Leonorenouvertüre Nummer 3 auf, die mit dem triumphierenden Trompetensignal, ihr wißt. Entkorkte eine weitere Weinflasche. Fand, das Leben sei im Grunde genommen nicht so übel. Ich war sie tatsächlich losgeworden. Jetzt hatte ich nicht mehr die Verantwortung für dieses sonderbare und komplizierte Mädchen. Derek war schließlich reich. Er sollte ruhig für sie sorgen. Ich war ein freier Mann.

Diese eigentümliche Ausgelassenheit währte eine ganze

Stunde. Aber als diese Stunde vorüber war, überschwemmte mich die Eifersucht wie eine eiskalte Welle. Sie war stark, sie lähmte mich. Sie war ein Polarmeer, ein Durchbruch aller düster kalten Kräfte, die aber zugleich heiß waren wie die Hölle. Vielleicht kam diese Eifersucht aus der Hölle? Sie machte einen anderen aus mir. Ich erkannte mich nicht mehr wieder in diesem neuen Mann, den die Eifersucht in einer einzigen Stunde in mir geschaffen hatte, diese dunkle, strenge Figur. Es war, als sei mein eigener Schatten vom Boden aufgesprungen, hätte meinen Platz eingenommen und wäre Wirklichkeit geworden.

Ja, man könnte sagen: jetzt war ich der Schatten, und er, der andere, war es, der ihn warf.

Und dieser andere?

Er war nur noch eifersüchtiger.

Ein Mädchen verschwindet

Mary Elizabeth verschwand.

Als ich sie nirgends finden konnte, auch nicht im Buchladen, suchte ich bei Derek. Ich tat es auf gut Glück. Er wohnte in der Stadt, aber nicht die ganze Zeit, der Geizkragen. Er hielt sich oft im Ausland auf, inspizierte seine Tochterfirmen und kaufte Konkurrenten auf. Einer seiner Lieblingstricks war es, erst einem anderen ein Patent zu stehlen, und dann, wenn der Inhaber mit einem Einspruch wegen Patentverletzung drohte, den ganzen Laden zu kaufen.

Ich sage das, um zu erklären, daß er vermutlich Feinde hatte.

Das Haus auf dem Hügel mit seinem eleganten künstlich bewässerten Weinberg wurde offenbar von mexikanischen Gärtnern betreut. Elektronische Schalttafeln ließen morgens und abends die Lichter an- und ausgehen und konnten mitten in der Nacht den illusorischen Eindruck erwecken, daß jemand von Zimmer zu Zimmer ging.

Er konnte monatelang abwesend sein, ohne daß jemand sich Sorgen machte. Es war ja keine Kunst, durch verschiedene elektronische Kommunikationsmittel in Kontakt zu bleiben. Und jedes Büro glaubte, er sei woanders. Übrigens hatte er nie ein eigenes Büro. Er zog es vor, überraschend in das Büro der einen oder anderen Filiale einzuziehen und vorübergehend die Chefs zu vertreiben, wenn er sie nicht zu Tode erschreckte, indem er ihnen so ausgefuchste Fragen stellte, daß sie sich schließlich hoffnungslos in Widersprüche verstrickten oder zugeben mußten, daß sie logen. Die Sekretärinnen hingegen, die übernahm er gern.

Daß er wirklich verschwunden war und sich nicht nur vorübergehend anderswo aufhielt, wurde offenbar, als es auf die Jahreshauptversammlung zuging. Man war es ja gewöhnt, daß er manchmal in letzter Sekunde auftauchte. Nicht selten in einem gemieteten Helikopter auf dem Rasen der Hauptgeschäftsstelle. So etwas imponierte gewöhnlich dem Vorstand und den Aktionären, auch wenn sie intelligent genug waren, um einzusehen, daß es auf ihre Kosten geschah.

Also wartete man auch diesmal mit der größten Zuversicht.

Aber er kam nicht. Man telefonierte hierhin und dorthin.

Seitdem ist eine Reihe von Monaten vergangen. Die Jahreshauptversammlung fand wie üblich kurz vor Jahresende statt. Und noch immer hatte man keine Ahnung. Die Anwälte waren natürlich wie ein Wolfsrudel, das in einer Winternacht draußen in Big Bend aufwacht, weil es eine Beute wittert. Aber solange es keinen Totenschein gibt, kommen sie nicht besonders weit. Und damit ein solcher ausgestellt wird, ist ja immerhin eine sogenannte Leiche erforderlich.

Ach, welch ein vulgäres Wort!

Irdische Überreste.
Die in dieser Welt zurückgelassene irdische Hülle
eines Mannes, der keinesfalls gestorben ist,
sondern nur dahingegangen.
Dahingegangen, ja. Das ist das Wort.
Dahin ist Derek gegangen.

Soweit ich weiß, hat noch niemand Cousin Derek aufgespürt. Er ist verreist und wird es bleiben.

Ich hielt mich tatsächlich eine Weile in seinem Haus auf. Es war schwer, dieser Versuchung zu widerstehen. Mary Elizabeth behauptete, sie würde sich dort zu Hause fühlen.

Dort unternahmen wir zusammen *die schamanistische Reise.* Mit den Pilzen, die ich nach diesem zweiten Abend im Buchladen zurückbehalten hatte. Die Alten hatten recht. Die Eskimos und Lappen und Indianer und die sibirischen Schamanen. Sie hatten recht; die ganze Bande.

Die Sache ist die, daß die Unterwelt existiert. Es ist nur so, daß die meisten Menschen es nicht wagen würden, in diese Richtung zu blicken.

Und am meisten recht hatte der Dekan. Nach dieser Wanderung durch die Unterwelt ist nichts mehr, wie es war. Man sieht dieselbe Welt. Aber es ist, als sähe man sie von einer anderen aus.

Aber das ist ja kein Anfang. Wie soll ich anfangen? Ich muß einen Anfang finden. Jetzt, da ich kein Ende finden kann, brauche ich wenigstens einen Anfang.

Ja, so fing es an: ich sah Mary Elizabeth wieder. Sie war in meinem ersten Jahr hier meine Studentin gewesen. Dann war sie von der Bildfläche verschwunden, vielleicht in eine andere Stadt oder in ein anderes Viertel gezogen.

Ich hatte überhaupt nicht damit gerechnet, ihr noch einmal zu begegnen.

Ich mußte genau auf der Höhe der Bushaltestelle anhalten. Ein verspätetes Müllauto war dabei, seine Beute vor mir einzusammeln, und es schien nicht ratsam, auf die nächste Spur zu wechseln, um es in dem unerbittlich dichten, schnellen Nachmittagsverkehr zu überholen. Die alte texanische Höflichkeit im Verkehr: ein Gefühl dafür, daß nur bezahlte Diener es eilig haben, und daß ein Gentleman seine Klasse zeigt, indem er immer Zeit zum Warten hat, diese Tugenden sind im Begriff zu verschwinden.

Die Wahrheit ist, daß das Land im Begriff ist, *amerikanisiert* zu werden. Der Dekan pflegte zu sagen, daran seien die IT-Barone schuld.

Der Dekan, Professor Paul Chapman, mein letzter Chef, schätzte die IT-Barone nicht.

An der Bushaltestelle gegenüber saß eine Dame. Oder vielleicht eher ein Mädchen. Sie war ein bißchen zu jung und zu gepflegt, um eine Baglady zu sein. Zum Eindruck einer Baglady trugen jedoch Unmengen von Taschen und Tüten bei, die sie rings um sich her abgestellt hatte. Aber ihr Kostüm aus solider erdbrauner Wolle war offensichtlich teuer, vielleicht sogar maßgeschneidert. Und der Stock, den sie neben sich auf der Bank der Haltestelle abgelegt hatte, mündete, glaube ich, in eine Krücke aus Horn oder vielleicht sogar aus Elfenbein. Wozu brauchte sie einen Stock? Sie schien viel zu jung, um am Stock zu gehen.

Es ist merkwürdig, wieviel man vom Auto aus wahrnehmen kann, während man wartet. Man schafft es sogar, über allerhand nachzudenken. An dieser Haltestelle sieht man sonst nur Putzfrauen, hauptsächlich rundliche Mexikanerinnen, die gewöhnlich in diesen mittlerweile ziemlich teuren Villenvierteln beschäftigt sind.

Als ich grünes Licht bekommen hatte, fuhr ich noch drei Straßen weiter, kehrte an der Einfahrt des kommunalen Golfplatzes um und fuhr zurück. Sie war immer noch da, was nicht selbstverständlich war.

Ich brachte meinen alten Mazda zum Stehen, kurbelte die Scheibe herunter und fragte:

– Kann ich irgendwie behilflich sein?

Sie betrachtete mich mit kritischen, aber nicht ganz unfreundlichen blaugrünen Augen.

In diesem Moment wurde mir klar, wie entsetzlich kurzsichtig ich doch sein mußte.

– Ist das nicht Mary Elizabeth? Was machen Sie denn hier?

Sie sah nicht mehr ganz so aus wie früher. Die drei Jahre hatten etwas mit ihr gemacht. Sie war gleichsam eine Spur *damenhafter* geworden. Aber es war noch etwas anderes.

– Ich bin umgezogen.

– Und wohin wollen Sie jetzt?

– Das weiß ich nicht. Ich wollte den Bus hinunter in die Stadt nehmen. Um meine Sachen bei einer Freundin unterzustellen.

– Stellen Sie sie doch bei mir unter. Wenn Sie mögen?

Ich wollte eigentlich zu einer deutschen Akupunkturspezialistin in den nördlichen Stadtteilen, draußen bei Balcones – mit dem Knie war etwas nicht in Ordnung. Es war wieder blockiert. Das passiert gelegentlich.

Ich hatte zwischen dem Knie und Mary Elizabeth geschwankt und entschied mich für Mary Elizabeth.

So fing es tatsächlich an.

Ich kannte sie also von früher. Aus meiner Zeit als akademischer Lehrer.

*

Zwei Jahre lang war ich außerordentlicher Dekan. Vorher unterrichtete ich vier Jahre lang hauptsächlich französische Aufklärungsphilosophie, weil ich darüber geschrieben hatte – und hielt in der heruntergekommenen, staubigen alten intellektuellen Grube namens Waggener Hall solche etwas albernen Kurse ab wie über »aktuelle moralische Fragen«. Ein Slum, in dem es im dritten Stock manchmal durchs Dach tropft und wo die Korridore im Halbdunkel liegen, weil niemand die kaputten Leuchtröhren ausgewechselt hat, ein Institut, in dem der Aufzug nur an glücklichen Tagen funktioniert. Ein Slum, aber zugleich eine Goldgrube. Nicht selten stößt man auf Herren und Damen von der Oxford und Harvard University Press, die in den Korridoren herumschlendern und verführerische Gespräche mit den rasch vorbeieilenden Professoren anknüpfen, weil sie wissen, daß hier besonders bemerkenswerte Manuskripte zu holen sind.

In diesen vier Jahren war ich zwar nur außerordentlicher Professor. Aber ich war stolz darauf, am selben Institut zu arbeiten wie Herbert Hochberg und Paul Woodruff. An einem Institut, wo Charles Hartshorne einmal die Existenz Gottes beweisen wollte und wo der unternehmungslustige

Robert Silver Neuanfänger im Ethikkurs nach Houston schickte, um Slumlords über deren Wertehierarchien zu interviewen. (Zu ihrer Verblüffung wurden sie in der Regel nicht hinausgeworfen, sondern von den Slumlords, denen es natürlich schmeichelte, daß sich jemand für sie interessierte, in ihre Clubs zum Lunch eingeladen. Überraschend viele kehrten wohlbehalten zurück; der eine oder andere blieb und wurde selbst ein Slumlord.)

Im einen Jahr mischen wir die Ontologie auf, daß es bis nach Cambridge und Chicago zu hören ist. Im andern verzichten wir aus purer Großzügigkeit darauf, das Rätsel der künstlichen Intelligenz zu lösen. Wir sind – kurz gesagt – sehr tüchtig, obwohl unsere Korridore oft aussehen wie ein Slum, vollgestopft mit Kartons voll von alten blauen Examensheften und abgewetzten Stühlen, die in der Jugend von Robert Silver und Charles Hartshorne neu gewesen sein müssen.

Ich war stolz darauf, da zu sein, es bis dahin geschafft zu haben.

Jetzt, *post facto*, läßt sich ja leicht sagen, daß ich hätte da bleiben sollen. Das tat ich jedoch nicht.

★

In den letzten beiden Jahren, seit ich ins West Mall Building und ins Büro des Dekans umgezogen bin, sind so viele verwirrende Dinge geschehen.

Aber angefangen hat es eigentlich schon vorher.

Vermutlich in *Philosophie in der Literatur*, einem ziemlich erfolgreichen Kurs, der eine Menge junger Leute anzog, die ein paar Grundkurse in Philosophie brauchten und glaubten, meiner müßte der leichteste sein. Da das Wort »Literatur« darin vorkam.

Mary Elizabeth zog schon damals die Aufmerksamkeit auf sich. Sie war sehr schlank, ziemlich groß, mit schmalen Hüften, kleinen Brüsten, langen, blonden Haaren, Augen, die bald grün waren, bald blau, bald warm und bald kalt. Sie wirkte auf mich etwas unvorhersehbar. Mal war sie im Hörsaal, mal nicht. Sie war unberechenbar, und je näher man sie kennenlernte, um so unberechenbarer wurde sie tatsächlich.

Dabei war das nur der Anfang.

Sie konnte in sechs Vorlesungen am Stück fehlen und, wenn sie wiederkam, nicht einmal eine Erklärung parat haben. Es ist möglich, daß sie ein bißchen mit Drogen experimentierte. Ich weiß es nicht.

(Doch, ich weiß es. Ich weiß viel mehr über sie, als ich zu erzählen gedenke.)

Vor allem war sie furchtbar kreativ. Die Ideen sprühten aus diesem Mädchen heraus, wenn sie sich erst einmal zum Reden entschlossen hatte. Was nicht immer der Fall war. Sie konnte beleidigend stumm sein. Wie ein Stein. Oder sprudeln wie ein Springbrunnen.

Bei einem unserer ersten Gespräche zeigte sich, daß sie einen Hang zu diesen seltsamen esoterischen Strömungen hatte, in die man sich heutzutage hier und da in den USA verirrt.

Sie hatte einiges über frühe Religionen gelesen und über die Anwendung von psychotropischen Pilzen in primitiven Gesellschaften, d. h. solchen Pilzen, die ziemlich tiefgreifende halluzinatorische Zustände hervorrufen, und über andere schamanistische Erlebnisse. Besonders interessierte sie sich für die alten sibirischen Schamanen und ihre Wanderungen durch die Unterwelt, angetreten mit Hilfe eines Extrakts vom roten Fliegenpilz. Auch dieses Thema, das in meiner Erzählung eine gewisse Rolle spielt, notiere ich mir unter denen, auf die zurückzukommen ich fest entschlossen bin.

Gelernt hatte sie es in diesem Buchladen, in dem sie hin und wieder arbeitete, wenn sie in der Stadt war. Derselbe Buchladen, den der Dekan gelegentlich beehrte, allerdings nicht zur Geschäftszeit. Er war ein Treffpunkt. Für einen eigentümlichen Kult. Keine Drogen. Nicht im üblichen Sinn. Sondern *Fliegenpilze*. Es waren einige absonderliche und unterschiedliche Menschen, die dort an Sitzungen teilnahmen, bei denen man das eine oder andere zu erleben glaubte. Vietnamveteranen, alte Freunde des Dekans. Einige jüngere Philosophen, die offenbar neugierig auf die transzendente Welt waren. Und, was ich erst später herausfand, Cousin Derek.

Was hatte er da zu suchen? Wer hatte ihn da hingebracht? Das waren nicht die Kreise, in denen man die erfolgreichen Unternehmer der IT-Branche zu finden pflegt. Die vergnügen sich gewöhnlich auf schlichtere Art, wenn überhaupt.

Gegenüber seinen Studenten ist man verpflichtet, eine höfliche Distanz zu wahren, und ich versichere, daß ich das gegenüber Mary Elizabeth tat, und sie hielt mindestens zwei Jahre lang eine höfliche Distanz zu mir. Sie stellte Fragen, und ich beantwortete sie. Sie fragte nach allem, auch nach Dingen, die ich ganz selbstverständlich fand. Sie kam zu allen möglichen und unmöglichen Zeiten in mein Büro, aber ich tat wirklich nichts anderes, als ihr an kalten Tagen aus dem Mantel zu helfen. Sie saß, attraktiv und wach und äußerst aufmerksam, immer ganz vorn auf dem Stuhl, als wäre sie bereit, beim geringsten Warnzeichen aufzuspringen. Schon das war sehr angenehm.

Dann kam diese sonderbare Geschichte mit dem Aufsatz. Sie wollte eine literarische Abschlußarbeit schreiben, eine Geschichte, die von Faust handeln sollte. Goethes Faust gehörte zu den Dingen, die ich den Kursteilnehmern in Philosophie zu lesen empfohlen hatte. Er war nicht Pflichtlektüre, sondern nur ein Werk auf der Liste mit empfohlenen Büchern. Mary Elizabeth las Goethes Faust, Erster Teil, aber immerhin, und bat darum, etwas Ähnliches schreiben zu dürfen.

– Wozu denn, sagte ich. Er ist doch schon geschrieben!

Außerdem hat man ihn ja zum unsterblichen Klassiker ernannt. Aus fragwürdigen Gründen! Vor allem ist Faust, wie der große Harold Bloom bemerkt hat, eine außerordentlich langweilige Figur. Ist es nicht komisch, daß der Teufel eine Seele kaufen wollte, die so offensichtlich selbstbezogen ist? Eine richtig zweitklassige Seele. Wenn ich der Teufel wäre, würde ich nicht versuchen, die Seele eines egoistischen Buchhalters zu kaufen. Ich würde natürlich versuchen, mir etwas richtig Interessantes unter den Nagel zu reißen.

– Und das wäre?

– Einen Heiligen natürlich. Einen heiligen Mann oder eine heilige Frau, fürs Paradies prädestiniert. Das wäre eine richtige Trophäe.

– Aber vielleicht ist er hinter Seelen her, die eine eigentümliche Leere im Zentrum haben?

– Sagt nicht übrigens Borges über Shakespeare, wenn man unter all seinen Hunderten von eigentümlichen, unterschiedlichen und starken Charakteren nach Shakespeare forschte, würde man entdecken, daß es im Zentrum ganz leer ist? Warum hat Shakespeare eigentlich kein Faustdrama geschrieben?

– Ist die Leere das Wichtigste in der Literatur?

*

Wie ihr aus diesen Bruchstücken von etwas, was einmal lange Gespräche waren, erseht, war dies ein Mädchen, dem nicht zuzuhören unmöglich war. Mitunter hatte man den Eindruck, sie sei in einer Umgebung aufgewachsen, in der man ihr nie lange zuhörte, und wo es also wichtig war, sehr schnell zu sprechen. In dieser Hinsicht glich sie fast diesen Leuten im Radio, die so schnell sprechen, daß man nicht weiß, wofür sie Reklame machen. Man weiß nur, daß es Reklame für irgend etwas ist.

Sie war (nein, sie ist, ich halte ganz entschieden am Präsens fest, ich weiß, daß sie sich immer noch irgendwo aufhält, obwohl ich nicht mehr weiß, wo), sie war ein recht bleiches und schlankes Mädchen, dem rote Haare sehr gut gestanden hätten. Doch ihre waren nicht rot. Sie hatten eine alltägliche blonde Farbe.

Später habe ich ziemlich viel über sie nachgedacht. Also ein Medium, eine Antenne für eine fremde Kraft. War es das, was sie war?

Es war etwas mit den Augen. Sie waren sonderbar. Sie waren überhaupt nicht starr, wie die Augen von Alkoholikern, aber sie hatten eine eigentümliche *Festigkeit.* Wenn sie einen ansahen, wurde man nicht nur gesehen. Man wurde auf eigentümliche Weise *festgehalten.*

Ich bin überzeugt, daß diese Beschreibung völlig unbegreiflich ist. Dabei weiß ich nicht genau, ob das viel ausmacht. Es ist ja nicht sicher, daß jemand diese Zeilen lesen wird. Ich schreibe, um ehrlich zu sein, nur für mich selbst. Also müßte ich genaugenommen mit allem, was ich sage, nicht ganz so zurückhaltend sein.

[*Im folgenden Abschnitt fehlt die Paginierung*]

Wir sahen uns also wieder. Auf Vermittlung eines Müllautos. Mary Elizabeth kam in meine mit Papier und Büchern vollgestopfte, aber eigentlich recht elegante kleine Eigentumswohnung in Clarksville. Ich will nicht behaupten, sie hätte sie weniger unordentlich gemacht. Eher trug sie zu einer Entropie bei, die viel früher angefangen hatte. Sie zog dort ein. Bald sah man ihre dunkelblaue Seidenunterwäsche überall herumliegen.

In den ersten beiden Wochen schliefen wir nur miteinander. Ohne viele Worte.

Doch nach zwei Wochen fing sie an, mit mir zu reden. Erst ein bißchen fragmentarisch, dann aber in immer längeren Sätzen.

Was hatte sie in den letzten drei Jahren gemacht? Eine ganze Menge. Offenbar mehr, als sie erzählen wollte. Die Art, wie sie ihre verschiedenen Abenteuer und Erlebnisse andeutete, hatte etwas von Kohleskizzen an sich, Skizzen, die leicht verwischt werden, wenn man sie nicht rechtzeitig fixiert. Und derjenige, der das Fixieren übernehmen sollte, war anscheinend ich.

Wo war ich stehengeblieben? Habe ich schon wieder den Faden verloren? Es ist doch MERKWÜRDIG, *wie oft ich in dieser Erzählung den Faden verliere.*

Ich weiß ja, daß hier etwas Neues anfängt. Es handelt von ...

Fliegenpilzen ... Es war etwas mit Fliegenpilzen.

Amanita muscaria. Der rote Fliegenpilz.

So fing es an! (Glaube ich.)

Sie war etwas dünner geworden, ihre blonden Haare etwas länger und wilder, sie flossen über die schmalen Schultern in der schwarzen Lederjacke und schufen einen seltsamen Kontrast; wie Gold auf einem nachtdunklen Boden.

Erst war sie ein bißchen schüchtern, akzeptierte aber ohne weiteres eine Marguerita und ließ mich ihre kleinen trokkenen Hände zwischen den meinen halten. Auf dem weißblauen Tischtuch.

Ich wollte sie nicht darüber ausfragen, was sie von Cousin Derek hielt, und auch nicht darüber, ob das Zubereiten von Mahlzeiten für den großen Mann möglicherweise auch andere Pflichten mit einschloß. Entweder wollte sie nicht darüber reden, oder sie hielt es für ein allzu unwichtiges Detail in ihrem Leben, um mich damit zu ermüden.

Zuerst sprachen wir über ihren Faust; sie hatte schon Ideen für etliche spannende Episoden. Eine, in der der uralte, jedoch jugendliche Held eins von seinen eigenen Enkelkindern verführt. (Und ich fragte mich für einen Moment, ob Mary Elizabeth – rein mathematisch gesehen – eine Enkelin von mir sein könnte. Aber mir wurde klar, daß ich sie in diesem Fall als Vierzehnjähriger hätte zeugen müssen. Wie schade!)

Überhaupt versprach diese Geschichte pikanter zu werden als die vorhergehende. Mit etwas mehr Erotik.

Auf die ihr eigene Art wechselte sie plötzlich das Thema.

– Wissen Sie, Spencer, daß Jesus ein Schamane gewesen sein kann?

– Nein. Wie meinen Sie das?

– Dieser Buchladen ist ja eigentlich eine Art Antiquariat. Wie Sie wissen, habe ich dort gearbeitet. Gelegentlich. Hin und wieder.

Ich habe den Dekan dort nie ein Buch kaufen sehen. Ich glaube ehrlich gesagt nicht, daß er dahin fährt, um Bücher zu kaufen.

– Was macht er dann da?

– Keine Ahnung.

Eine Fußballmannschaft aus einer der unteren Ligen

Sie machte es sich ziemlich bald zur Gewohnheit, in meinem Büro vorbeizuschauen. Oben im dritten Stock der Waggener Hall. Nicht nur zu den Sprechzeiten, sondern wann immer es ihr beliebte. Ich sagte nie nein, wenn ich nicht schon einen anderen Besucher hatte.

Dann schlug sie vor mir ein Paar makellose lange Beine, oft in Jeans, übereinander wie eine Beschwörung. Und ich, der sonst eine Neigung hatte, meine Besucher schnell zu verabschieden, ertappte mich dabei, halbe Stunden lang, ja manchmal noch länger, mit diesem Mädchen sitzen zu bleiben.

Auf diese Weise wurden wir ein wenig miteinander bekannt. Natürlich. An einem Nachmittag, einem dieser furchtbar schwülen, heißen Nachmittage Anfang Mai in Austin, einem Nachmittag, an dem die Katzen es nicht mehr auf den Kühlern der Autos aushalten, an dem die Kinder wegen der Hitze nicht mehr im Freien spielen können, an dem die Krähen in Kreisen über das geographische Institut fliegen, weil das ihre einzige Möglichkeit ist, sich kühl zu halten, begann sie also über ihr Projekt zu sprechen. Und das war völlig verrückt.

Sie wolle, sagt sie, etwas nicht Philosophisches schreiben. Oder vielleicht doch etwas Philosophisches. Aber nicht auf die übliche Weise mit Fußnoten und Verweisen und Formeln, die so tun, als würden sie etwas mit mathematischer Genauigkeit zu tun haben, obwohl sie eigentlich so vieldeutig wie ein Witz sind und durchlässig wie ein Sieb.

Was sie schreiben wolle, sagt sie, sei wohl eigentlich eine philosophische Erzählung. In der Art von Faust.

– Ja, und wie?

– Es soll von einem Fußballtrainer handeln, von einer Highschool-Mannschaft aus einer der unteren Ligen, der im Begriff ist, seinen Job zu verlieren, weil es mit der Mannschaft abwärts geht. Sie haben in einem Schulhalbjahr kein einziges Spiel gewonnen. Im ganzen Schuljahr nicht. Eigentlich nicht, seit er Trainer dieser Mannschaft geworden ist.

– Aha? Und weiter?

– Ja, was macht ein solcher Mannschaftstrainer? In seinem ganzen Leben hat er nur eine Sache gelernt, und zwar, sich Spiele und Kombinationen für eine Fußballmannschaft auszudenken und die Jungs mit allen Tricks und Kunstgriffen auf Trab zu halten, die zum Beruf gehören. Er hat Frau und Kinder, er hat einen Vertrag, der erneuert werden müßte, weil drei Jahre vergangen sind. Und er ist Trainer in dieser nicht gerade glanzvollen Vorortschule, nicht weil er besonders gut ist, sondern nur deshalb, weil sie keinen besseren haben finden können.

– Was macht er?

– Das einzig Selbstverständliche, er schließt einen Pakt mit dem Teufel.

– Ist das wirklich selbstverständlich?

– Ja, ich würde es tun. Er verkauft seine Seele, wie es heißt. Und bald beginnt die Mannschaft zu gewinnen. Seltsame Zufälle häufen sich. Verteidiger der gegnerischen Mannschaft bekommen Gehirnerschütterungen von scheinbar leichten Zusammenstößen, Stürmer rutschen aus und brechen sich die Beine, unmögliche Bälle beschreiben physikalisch unmögliche Kurven, sie verhalten sich wie Quanten, sie gehen nach Belieben in der sichtbaren Welt ein und aus. Sie beginnen sich zu verhalten, wie die Welt wirklich ist, schnelle Schatten von Wahrscheinlichkeitswellen über Böden, die nur Schatten und Schein sind. Es ist kurz gesagt die dem Bösen eigene Art, amerikanischen Fußball zu spielen. Er braucht sich nicht besonders anzustrengen. Er spielt das Spiel so, wie er es jeden Tag tut, mit Wirkungsquanten und all den anderen physikalischen Raffinessen.

Die Leute trauen ihren Augen nicht. Manches wirkt physikalisch unmöglich. Aber andererseits sind die modernen Menschen vom Fernsehen und von Hollywoodfilmen mit allen möglichen kindischen Effekten so abgestumpft, daß sie das Ganze für gegeben nehmen.

Offenbar soll Higschool-Fußball so aussehen. Heutzutage. Es ist nur eine neue Attraktion. Und die Mannschaft erregt eine Menge Aufmerksamkeit. Mannschaft wie Trainer werden natürlich gebührend gewürdigt, erst von der örtlichen Fernsehstation und der Lokalpresse, und allmählich zieht ihr Ruhm immer weitere Kreise. Bald ist in den nationalen Medien davon die Rede. Sportjournalisten sind behilflich, einen neuen Ausdruck zu prägen: Dämonenfußball.

Schmeichelhafte Angebote treffen ein, und am Ende der Saison gewinnt der Mittelstürmer den Heismannpokal. Jetzt hagelt es Angebote von Collegemannschaften bis hinauf nach Oklahoma. Ganz zu schweigen von The Texas Longhorns. Und mit der Zeit kommt der erste Anruf von einem Mr. Watz in Seattle, dem Spitzenagenten in der professionellen Fußballwelt.

Unser Held fängt an, hochmütig zu werden.

– Aber Moment mal, sagte ich. Die Erzählung kann doch nicht nur von Erfolgen handeln? Muß es nicht auch Rückschläge geben?

★

Ich würde heucheln, sagt ihr. Natürlich tue ich das. Wer würde das *nicht* tun?

Was ich eigentlich empfand, war ein fast wildes Verlangen, dieses Mädchen meinen sexuellen Erfahrungen einzuverleiben. Sehr schlank, oder eher sehr dünn, drahtig wie eine Cheer-leaderin. Wenn man diesen geschmeidigen Körper sah, hatte man das Gefühl, daß sie fähig wäre, einen Salto mortale zu schlagen.

Es war keine ganz gewöhnliche Studentin.

Natürlich spürte sie das. Ich meine: was ich wollte. Aber sie ließ sich nichts anmerken, oder tat so, als hätte sie nichts bemerkt. Junge Mädchen können ziemlich vertrackt sein. Oder vielleicht warten sie nur auf etwas, vielleicht auf ein Signal.

Ich weiß nicht, ob das eine oder das andere stärker war. Dieser schmale Körper oder ihre Erzählung. Beides, glaube ich.

– Sie müssen natürlich kurz vor der vernichtenden Niederlage stehen, wenn dieser Highschool-Trainer seinen Vertrag mit dem Teufel schließt, schlug ich vor. Praktisch vor dem letzten Spiel. Aber das Problem bleibt bestehen; man kann nicht nur eine Erfolgsgeschichte erzählen.

– Nein?

– Muß es nicht einen Rückschlag geben? wiederholte ich.

– Es wäre in diesem Fall die öffentliche Moral, die das verlangt. Müssen alle Verbrechen fehlschlagen? Das tun sie doch in Wirklichkeit nicht.

– Ich stelle mir einen sehr wohlerzogenen jungen Mann vor. Er liebt eine schlanke, geschmeidige, sexy junge Cheer-leaderin namens Maggie. Eines Tages erkennt er, daß etwas nicht mit rechten Dingen zugeht, als ein Paß, den er offensichtlich verfehlt hat, eine große Kurve um den Platz beschreibt und zu ihm zurückkehrt. Er spricht mit seiner Freundin. Sie ist rein und gut.

– Ist sie das wirklich?

– Ja. Selbstverständlich ist sie rein und gut. So ist es bei Goethe. Es ist das Weibliche, das uns vor den Dämonen rettet. Sie bringt ihn dazu, sich zu fragen: Was geht hier eigentlich vor?

– Warum tut sie das?

– Weil sie rein und gut ist.

– Könnte es nicht umgekehrt sein? Ich meine: daß es das Weibliche ist, das die Männer den Dämonen ausliefert?

An diesem Punkt des Gesprächs versuchte ich behutsam, ihr meine rechte Hand aufs linke Knie zu legen. Sie schob sie nicht weg, sondern betrachtete sie mit einer Art von zerstreutem Interesse.

Dieses Knie strahlte wahrhaftig eine dämonische Wärme aus.

– Aber der Teufel? Wie stellt man ihn in einer modernen Erzählung dar? Soll er ein kleiner unangenehmer Mann in karierten Hosen und mit der Art von Sportmütze sein, wie sie bei Thomas Mann die Bookmakers tragen?

– Pudel geht wohl nicht?

– Pudel! Wie bei Goethe!

– Oder wie seine Tante, die Schlange?

Dieses Mädchen war belesen – ohne Zweifel.

– Muß es ein Mann sein? sagte ich. Kann man nicht einen feministischen Teufel nehmen?

– Das ist eine ziemlich brillante Idee. Vielleicht ist das mit »seine Tante, die Schlange« gemeint?

Als sie ging, konnte ich, allen akademischen Prinzipien zum Trotz, nicht umhin, ihr die Hand auf die schmale Hüfte zu legen und sie langsam ihren Rücken hinabgleiten zu lassen. Sie schmiegte sich eng an mich.

Aus dieser Sache wird etwas, dachte ich.

Wie sich zeigen sollte, hatte ich mich nicht geirrt.

– Sie können doch mal im Buchladen vorbeischauen, Doktor, sagte sie.

Sie war fort, offenbar schon im Aufzug, bevor ich darauf kam zu fragen, welchen Buchladen sie eigentlich meinte. Ich hatte die ganze Zeit keine Ahnung, was sie mit dem Buchladen zu tun hatte.

Dann sollten drei Jahre vergehen. Was für ein Glück, daß das Müllauto da stand! War es tatsächlich Glück? Vielleicht war es ein Unglück?

[*Feuchtigkeitsschaden von unbestimmter Länge im Manuskript*]

Der Dekan über die Schweiz

Der Dekan fing an, über die Schweiz zu sprechen.

Die Schweiz – was ist daran so Besonderes?

Über die Schweiz sprechen. Das tun viele Menschen; Touristen, die dort gewesen sind, Alpinisten, Rheumatiker, die warme Quellen besucht haben, Finanzmänner, die dort Konten haben.

Es war nur so, daß mein Chef, Professor Paul Chapman, wenn er über die Schweiz sprach, es auf eine ganz andere Art tat.

Ich weiß nicht, ob er je dagewesen ist. Er ist in England gewesen, in Oxford und Cambridge, nicht einmal, sondern viele Male. Und daß er ein ganzes Semester lang am Collège de France Vorlesungen gehalten hat, ist kein Geheimnis. Aber ob er je in der Schweiz war, weiß ich nicht, und ich glaube, es gibt kaum eine Chance, daß er jetzt noch dahin kommt. Er sitzt ja immerhin im Rollstuhl. Obwohl man sagen muß, daß er trotzdem bemerkenswert beweglich ist. Er hat eine unglaubliche Fähigkeit, in verschiedenen Zusammenhängen aufzutauchen. Und nicht nur dort, wo man ihn erwartet.

Man konnte ihn an überraschenden Stellen treffen. In einem schönen, abgelegenen Park, von einer hübschen jungen Dame geschoben, mit der er offenbar sehr vertraut war. Man wollte sich ungern neugierig zeigen.

Oder in der irischen Bar in der Zweiten Straße, ganz vertieft in ein Kartenspiel mit ein paar unbekannten, ein bißchen proletarisch wirkenden, muskulösen Typen.

Er war, kurz gesagt, Dekan, aber zugleich auch eine Art Antidekan.

Als mir das erste Mal der Verdacht kam, irgend etwas sei merkwürdig an ihm, hatte er gerade mit diesen Räsonnements über die Schweiz angefangen.

Das Sonderbare war, daß er sich mit dem Land verglich.

Enorme Alpen, die sich hoch über den Horizont erheben und ihn begrenzen, Gletscher, Pässe, die unmöglich zu bezwingen sind, es sei denn im wärmsten Hochsommer. Und der Rest des Jahres ist ein Inferno, phantastische Abgründe, in denen schnelle Flüsse senkrecht hinabstürzen und sich an uralten Felsen in einer Fontäne von weißem Schaum auflösen.

(Ja, es klang bei ihm ungefähr wie eine hochromantische Landschaftsschilderung.)

Ja, genau wie die Schweizer, die mit kühnen Brücken, fast endlosen Tunneln und mächtigen Lawinengalerien ein nahezu unbewohnbares Land bewohnbar gemacht hatten, habe er, der Dekan, seine eigene, fast unerträglich primitive Natur bewohnbar gemacht.

Ich fragte, ob er damit meine, daß er an den Rollstuhl gefesselt ist, aber das meinte er überhaupt nicht. Damit, seine unbewohnbare Natur bewohnbar zu machen, habe er sehr viel früher begonnen.

Als kleiner Junge habe er populärtechnische Zeitschriften in der Volksbibliothek gelesen.

– Wie alle richtig bäuerlichen Typen, sagte er, ist meine Bewunderung für die Natur sehr begrenzt; ich finde, Hirsche sollten ausgerottet werden, weil sie den Apfelbäumen schaden und lebensgefährliche Verkehrshindernisse sind. Ebenso die Ottern, weil sie zu viel Edelfisch fressen. Ich weise die Naturenthusiasten beharrlich darauf hin, daß Gammastrahlung, Gravitationskollapse und das Ebolavirus in ebenso hohem Maß Ausdruck für die Größe der Natur sind wie Sonnenuntergänge und Edelweiß, und die Bewohnbarkeit der Schweiz betrachte ich als einen Triumph des Menschen über die Natur. Eine Natur, die im wesentlichen böse ist. In der Stadtbibliothek von Fredericksburg fand ich wunderbare Bücher darüber, wie man Tunnels und Lawinengalerien baut. Ich habe sie mit solchem Eifer gelesen und die technischen Finessen studiert, als müßte ich eines Tages wirklich eine ähnliche Leistung erbringen. Vielleicht war es meine eigene, innere Natur, die bewohnbar zu machen ich mich rüstete.

Es äußerte sich also eigentlich zuerst darin, daß er gesprächig wurde und mich in sein Arbeitszimmer im West Mall Building bat, diesen großen, sonnigen Raum mit den Piranesidrucken, die er all die Jahre dort gehabt hat.

– Ich bin stolz, fügte er hinzu und sah mich über den Rand seiner Goldrandbrille hinweg mit seinen strengen blauen Augen an, Augen, die das Schlimmste gesehen und es überwunden hatten:

Ich bin stolz darauf. Ich habe meine eigene innere Natur bewohnbar gemacht.

– Ach, da sind Sie, Spencer. Was tun Sie hinter der Tür?

An diesem Morgen schien der Dekan allerbester Laune zu sein. Irgendwie teilte sich das dem Geräusch seines Rollstuhls mit. Er hörte sich an solchen Morgen auf eine besondere Art an.

– Ich suche nach diesem großen Stifter aus Houston, Mr. Troppo. Ach was, *Troppo Brillante*, wollte ich sagen. Wie er wirklich heißt, weiß der Teufel.

– Von ihm haben wir nicht viel zu erwarten. Er ist tot. Wußten Sie das nicht? Aus der Stiftung wurde nichts. Er hatte von hundertdreißig Millionen gesprochen. Es hätte die größte persönliche Stiftung in der Geschichte der Universität werden sollen. Aber es wurde nichts daraus.

Haben Sie nicht davon gehört? Er fand eine Blondine. Gott weiß, wo. Er war in der Achtzigern. Oder vielleicht sollte man lieber sagen, die Blondine fand ihn? Ja, der Rest ist trivial. Ich möchte, daß Sie sich eine Weile zu mir hersetzen. Ich will von meinem Onkel erzählen.

Wie Sie wissen, war mein Vater Fußballtrainer. Das war insofern günstig, als er mich nicht mehr besonders störte, nachdem er jeden Ehrgeiz aufgegeben hatte, auch mich zum Fußballtrainer zu machen. Es war vor allem meine Mutter, die sich um mich Sorgen machte.

Aber es gab eine Reihe von Pflichten, die mein Vater mir nicht erließ. Eine davon war, meinen Onkel Ingram zu besuchen. Es war ein bißchen unheimlich. Ingram galt als überaus exzentrisch, und er lebte in einer Klinik außerhalb von Providence. Sie sah aus wie ein ziemlich großes Herrenhaus, und in allen Korridoren roch es nach Bohnerwachs und Putzmitteln. Onkel Ingram galt als harmlos. Ich glaube nicht, daß es an diesem Ort gefährliche Patienten gab. Oder wenn es sie gab, wurden sie irgendwo weggeschlossen, wo man sie weder sehen noch hören konnte.

Als ich ungefähr sechzehn war, durfte ich mit ihm spazierengehen. Als so harmlos galt er also. Physisch harmlos, würde ich sagen. Er starb, als ich achtzehn war. Aber es war nicht ganz leicht, ihn loszuwerden. Noch heute liege ich oft mitten in der Nacht wach und denke darüber nach, wer Onkel Ingram eigentlich war.

Also: er hatte eine Verachtung für Zahlen.

Er nahm mich gern auf Spaziergänge mit, sobald es ihm erlaubt war, nach dem Kaffee oder dem Lunch (nicht nach dem Abendessen), die man gewöhnlich in ziemlich gedrückter Stimmung einnahm.

Wohin gingen wir? Meilenweit, wie mir schien. Durch eine Art Park und eine Villenlandschaft. Er war groß, sehr viel größer, als ich es je gewesen bin. Mit einem schmalen, bartlosen Gesicht. Sehr kalten blauen Augen. Er erklärte mir gern die Gruppentheorie, indem er eine Uhr in den Sand oder in das Beet eines Nachbarn zeichnete und zeigte, wie die Bewegung des Zeigers als eine Operation über ein endliches Set – Modulo zwölf – gesehen werden konnte, die uns stets zum Einheitselement zurückbrachte: – eins. Aber auf dem Weg zwischen zwölf und eins passierten wir das Element im Set, welches das bemerkenswerteste war, diese *Null*, die etwas repräsentierte, das nicht vorhanden und doch auf eine mysteriöse Art unentbehrlich war, damit der Operator über die Menge funktionieren konnte.

Von da aus kam er gern auf *das Nichts* zu sprechen.

Er zitierte etwas, das er irgendwo gelesen hatte und wovon ich viel später erfahren sollte, daß es von einem Denker des frühen Mittelalters stammte, nämlich Fredegisius von Tours:

Videtur mihi nihil aliquid esse.

Eine seltsame Feststellung, die hier einem jungen Prinzen vorgetragen wird, einem Sohn Karls des Großen, wie man vermuten darf:

Mir scheint, Nichts ist irgend etwas.

Und darauf die – wie man wohl vermuten darf – auswendig gelernte Antwort des Prinzen:

Nomen est. Res non est.

Das Nichts hatte etwas Erschreckendes, etwas, das meine jungen Sinne erregte und beunruhigte. Wir diskutierten einige der Schwierigkeiten, welche die alten Römer und andere Kulturvölker gehabt hatten, weil sie nie lernten, mit der Null, mit der leeren Menge umzugehen. Und Ingram erklärte mir, welch unglaublicher Fortschritt es im Verständnis der mathematischen Verhältnisse war, als die Araber schließlich ihre *sifr*, die Null, einführten. Ein Zeichen, das im Arabischen noch nicht wie eine Null aussah, sondern eher wie eine Eins, das aber genaugenommen in der ganzen Mathematik als einziges nicht trivial war. Denn was war trivialer als diese Axiome, die alle nur von der Zahlenreihe und von Addition und Subtraktion handelten und die, waren die ersten Schritte getan, scheinbar eine ganze Welt erschufen?

Daß man so vieles mit so kleinen, fast trivialen Mitteln erreichen konnte! Wie viel komplizierter als die Mathematik war nicht in Wirklichkeit die Poesie, die Malerei, die Liebe und der Haß: die reiche Welt der menschlichen Gefühle!

Allerdings, fuhr Ingram fort, ohne innezuhalten und nachzufragen, ob ich ihn überhaupt verstanden hätte (vielleicht war das, was er sagte, eigentlich gar nicht so sehr an mich gerichtet), allerdings solle man nicht davon absehen, daß auch die Mathematik eine Sphäre der Freiheit besitze, daß auch sie erschaffen sei, eher als gegeben.

Woher wissen wir beispielsweise, daß ein mal eins gleich eins ist? Sage mir, junger Mann, wie wir das beweisen können?

Ich weiß es nicht, sagte ich. In meiner Unschuld. Es muß doch einen Beweis geben?

– Wir können es nicht beweisen. Ist es ein Axiom?

– Ganz recht! Es ist ein Axiom und als solches völlig beliebig. Was geschieht, meinst du, wenn wir es verändern und statt dessen ein anderes einführen: daß ein mal eins gleich zwei ist?

Und er fuhr mit fast ärgerlichen kleinen Zeichen fort, die er mit einem Stöckchen in den Sandkasten des Parks malte (der Park hatte einen Spielplatz, und auf einem solchen waren wir ja zu Hause), um zu zeigen, wie ein solches Axiom eigentlich nur eine Sache im Zahlensystem ändern würde, aber eine überaus wichtige; die sogenannte Primzahlendifferenzierung. Diese merkwürdige Tatsache, daß jede Zahl nur auf eine einzige Art in ihre Primfaktoren zerlegt werden konnte, was der Zahl eine Art von Einzigartigkeit verlieh, oder vielleicht könnte man sogar sagen Individualität, die sie auf unverwechselbare Weise voneinander unterschied. Diese würde jetzt verlorengehen und die Zahlen würden sozusagen in einer Art von anonymem Gemurmel in ihren eigenen Schatten ertrinken.

Er blieb stehen, nachdenklich und ganz und gar mit sich und seinen eigenen Dingen beschäftigt.

Und noch bemerkenswerter, fuhr er nach einer Weile düsteren Grübelns fort, all diese Debatten über das Vakuum, die schon so lange und mit solcher Leidenschaft geführt worden sind, seit der Antike bis praktisch hin zu Maxwells und Einsteins Tagen. Ob eine Wirkung über eine Entfernung hinweg möglich wäre – was Aristoteles ebenso wie Leibniz entschieden verneinten, und womit Newton kämpfte und was er mit all seinen Hypothesen über einen Äther zu klären suchte, eine feinere Materie, immer feiner und dünner, je älter Newton wird, bis sie in der *Optik* zu einem Schleier geworden ist, so dünn, daß er die Leere und ihre nackten Brüste nur notdürftig bedecken kann.

Die magisch gesinnten Philosophen der Renaissance, pflegte mein seltsamer Onkel fortzufahren, nicht selten ärgerlich mit dem Fuß in Kies und Keimblätter am Wegrand kickend, ein Athanasius Kircher, ein Tommaso Campanella, zögerten nicht zu glauben, daß es die Leere gebe und daß Ursachen direkt durch sie hindurch wirken könnten. Waren nicht die Bewegungen der Planeten Beweis genug? Und der Einfluß des Mondes auf Ebbe und Flut? Es gab eine Wirkung durch die Leere hindurch. Gab es folglich auch eine Leere?

Und dann, sagte er abschließend, mit einem wütenden Tritt gegen den nächsten Stein, der sich in den Sandkasten verirrt hatte (als wolle er etwas beweisen), dann die Quantenmechanik. Die Quantenmechanik, welche die Frage weder mit Ja noch mit Nein beantworten wollte. Denn in der Quantenmechanik gingen die Erscheinungen im Vakuum ein und aus, ohne jede Ordnung, ohne jede Kontinuität.

Im Grunde sei das Vakuum vielleicht eine Frage, die nie hätte gestellt werden sollen, eine Schöpfung unserer eigenen kindlichen Erwartungen.

Denn je tiefer wir in das Wesen der Materie eindrängen, um so mehr begännen die Gesetze, die wir von den immateriellen Dingen erwarteten, sich aufzulösen, nicht nur in andere Gesetze, sondern in Unbegreiflichkeiten eines Typs, den niemand erwartet hätte. Ein Elektron, diese harte kleine Kugel, die ihre negative Ladung und ihren Spin hat, sei eigentlich nichts anderes als eine Wahrscheinlichkeitswelle. Wenn man die Welt von ganz nahem betrachte, nehme sie sich aus wie Kräuselungen auf dem Wasser, wie Laubschatten auf dem Boden, und die Schrödingergleichung, dieses Meisterwerk der angewandten Mathematik, die so elegant erzählte, wie ein Elektron aus dem Gefängnis des Potentialbrunnens entschlüpft, auf einer begrenzten Anzahl von Ebenen Fuß fassen könne, aber nur dort! War diese Schrödingergleichung etwas anderes als die Beschreibung einer seltsamen Lichtbrechung, ein scherzhaft angeordneter Schatten von etwas, das eigentlich in einer anderen Welt existierte, zu der wir nie Zutritt erhalten würden?

Ja, sagte Ingram, dem es mittlerweile offenbar völlig gleich war, ob ich seinem Räsonnement folgen konnte oder nicht, man müsse ernsthaft in Frage stellen, ob die Welt überhaupt dafür konstruiert sei, um vom Menschen beschrieben zu werden.

Und vor allem, wenn es um *Videtur mihi nihil aliquid esse* gehe, da müsse man letztlich wohl zustimmen.

Das Dämonische, das etwas Abschreckende an der wahren Naturwissenschaft sei, daß sie dunkel die Ahnung von einer Welt vermittle, mit der wir nicht das mindeste zu schaffen hätten, die zu begreifen unserem Verstand nicht gegeben sei, von einer Welt vor allem, die absolut nicht zu unserem Besten eingerichtet sei.

 In diesem Sinn, fügte mein brillanter Verwandter hinzu,

sei natürlich die Physik, und besonders die Elektrophysik, als eine dämonische Wissenschaft zu betrachten.

Ich wüßte gern, was aus ihm geworden wäre, wäre er nicht verrückt gewesen. Es hatte in der Pubertät begonnen und galt offenbar als unheilbar.

Obwohl man ihn mit den modernsten Methoden behandelte.

*

Hier unterbrach sich der Dekan auf seine eigentümlich abrupte Art. (Er unterbrach sich oft an den überraschendsten Stellen in einer Erzählung, ungefähr als habe er das Gefühl, daß das, was er zu sagen hatte, vollständig trivial und tatsächlich allen Menschen schon längst bekannt sei.)

– Allerdings sah ich ihn in Vietnam wieder, fügte der Dekan hinzu.

Eigentlich war er nie besonders leicht zu verstehen. Auch er nicht.

Aus dem Skizzenbuch eines Wüstenwanderers

– Ja, hier fließt also der Fluß, braun, seicht und schnell.

– Welcher Fluß?

– Der Rio Grande natürlich. Wovon sollte ich sonst sprechen?

Der Fluß, der uns von Mexiko trennt. Von diesem eigentlich völlig sinnlosen Land.

Die Straße 118 hingegen ist sinnvoll. Sie führt direkt nach Norden bis hinauf nach Alpine, und von dort aus kann jemand, der das möchte, auf der endlos langen und staubigen Straße 90 weiterfahren.

Und kommt schließlich – wenn alles gutgeht – nach Marfa.

Marfa, ein sehr kleiner Ort, ist vor allem für ein eigentümliches, vielleicht übernatürliches, vielleicht außerirdisches Phänomen bekannt, das zu bestimmten Jahreszeiten Touristen und Zuschauer verschiedenster Art anlockt. Ich spreche von den seltsamen Marfalichtern. Irrlichter, die in gewissen Nächten draußen auf der großen, leeren Wüstenfläche aufflammen und ebenso plötzlich wieder verlöschen.

Und die keine Wissenschaft bisher zu erklären vermocht hat.

Zahllose Physiklehrer an den höheren Schulen und Instituten, die einigermaßen in Reichweite liegen, haben unzählige Nächte hier draußen verbracht, um endlich die endgültige Erklärung zu finden. Bisher ohne Ergebnis. Im Zweiten Weltkrieg gab es draußen in Marfa eine Flugbasis. Sie mußte geschlossen werden, da die plötzlich aufflammenden und genauso schnell wieder verschwindenden Lichtpunkte nächtliche Landungen zu einem lebensgefährlichen Abenteuer machten.

Lange hieß es, die Marfalichter hätten auf irgendeine Weise mit der Flugbasis zu tun, dahinter steckten irgendwelche geheimen Experimente oder fahrlässig zurückgelassene Chemikalien. Diese Theorie verbreitete sich eine Zeitlang und wurde populär, da sie immerhin eine Erklärung versprach, bis ein Lokalhistoriker darauf hinwies, daß es in Verbindung mit den Indianerkriegen um 1870 bereits detaillierte Beschreibungen der Marfalichter gebe.

Die Indianer glaubten, die Lichter seien auf irgendeine Weise mit ihrem Totenreich verbunden.

Hier sprechen wir also von der Wüste und von den wenigen Straßen der Wüste. Hier gibt es keinen einzigen Baum mehr, außer möglicherweise eine einsame Terebinthe an einer Quelle.

Diese leuchtet dann mit einem überraschend grünen Schein im Sandgelben, im Grauen, im Zinnoberroten.

Oh, diese Welt hat keine einzige »natürliche« Farbe! Wie oft ist nicht das, was wir »Natur« nennen, etwas zutiefst Unnatürliches!

Überhaupt macht alles hier draußen oft einen etwas außerirdischen Eindruck, mit den ausgetrockneten Flußbetten und seltsamen *canyons* und plötzlichen großen leeren Flächen von Salz, wo sich nur der Staub in hoch aufgetürmten, wie berauscht umherschwankenden Wirbeln bewegt, die der Wind hochzieht und antreibt. Diese Dschinns, wohin sind sie unterwegs? Wie bestimmen sie ihre Richtung und ihr Ziel?

Geologe. Meinem Wirt, einem freundlichen Herrn, der seine weißen Haare in einem Pferdeschwanz im Nacken trägt, wie er in den sechziger Jahren noch üblich war und was damals als sehr radikal und schick galt, heute aber ziemlich übertrieben wirkt, meinem Wirt habe ich eingeredet, ich sei im Auftrag der Geologischen Untersuchung von Texas hier draußen. Geologie gibt es ja hier genug. Also, Mr. A. Primrose, der diese Pension zusammen mit seiner bemerkenswert schönen, aber leider entsetzlich geschwätzigen Frau betreibt, einer richtigen Klette, habe ich weisgemacht, ich sei außerordentlicher Professor für Geologie an der University of Texas of the Permina Basin in Ozona. Wenn man lügt, soll man nämlich nicht zuviel lügen. Und auch nicht zuwenig. Die sozusagen homöopathisch dosierte Lüge wirkt am besten. Und an Geologieprofessoren sind sie hier gewöhnt, seit Johan Uddén um 1890 hierherkam und in der Nähe von Terlingua Quecksilber fand (als große, unregelmäßige Flächen von rostrotem Zinnober im Grau der Wüste).

Davon übriggeblieben sind pathetische Reste von Gebäuden und alten Grubenlöchern und ein trauriger kleiner mexikanischer Friedhof, der vom Raubbau des dämonischen Mr. Perry an Menschen und Mauleseln erzählt. Während er gierig so viel Knallquecksilber gewann, wie er nur konnte, um es an die heißhungrigen Zündkörperfabriken des Ersten Weltkriegs zu liefern.

Ja, so war die Gegend. Nackt, unendlich grausam und völlig unschuldig. Man hört so manches kleine Leben draußen in der Nacht erlöschen, wenn man dort wachliegt und grübelt. Rufe von Todesangst und Schmerz.

Eine Landschaft, könnte man sagen, in der endlich Wahrheit herrscht. Wo die Stimme des Kojoten seit zehntausend Jahren genauso geklungen haben muß. Der Mensch ändert hier nicht viel. Da werden ein paar Straßen gebaut, da wachsen ein paar Schottermühlen und Sortiermaschinen aus dem Boden. Und bald sind sie wieder fort. Telefonmasten führen durch die Wüste zu seltsamen, verfallenden Gebäuden, in denen niemand mehr ans Telefon gehen kann.

Ein Geologieprofessor ist hier viel leichter zu erklären als ein Professor in geistesgeschichtlich orientierter Philosophie, darüber muß man sich im klaren sein.

Was hätte ein solcher Professor auch hier draußen in dem großen Leeren, dem großen salzigen Trockenen, dem großen dummen Nichts zu suchen?

Ja, gibt es überhaupt einen Grund, herzukommen?

Wüstenwege sind die einzigen Wege, die es hier gibt. Aber sie sind nur Scheinwege. Die wirklichen Wege sind nicht die, auf denen staubige Lastzüge rostige alte Bohrgestänge oder Pferde oder Touristen durch die Gegend karren. Die richtigen Wege sind die fast unsichtbaren Reitpfade, in einem *arroyo* entlang, über ein paar kahle Felsen und hinunter in den nächsten *arroyoelo*. Ein Labyrinth. Und sollte ausnahmsweise mal ein Regen kommen, ja, dann gilt es, einen Ausgang zu finden, ehe man am Boden eines reißenden Flusses reitet.

Die Wüste ist nicht nur groß, sie ist ungeheuer groß, ihre Größe ist nicht zu fassen, kein Mann und im übrigen auch keine Frau hat sie je in ihrer ganzen Ausdehnung durchquert. Sie erstreckt sich vom nördlichen Mexiko durch ganz West Texas und bis hinüber zur kalifornischen Küste. Amerikas Vereinigte Staaten sind hauptsächlich ein leeres, ein unbevölkertes Land.

Diese Wüste ist auch unendlich leer, fast nur rote und braune Felsen, Salzseen und Salzflecke und hier und da eine Terebinthe mit der unwahrscheinlichen tiefgrünen Farbe des Lebens in all diesem Toten.

Die Chihuahuawüste.

Sie ist, könnte man natürlich sagen, unnatürlich.

Meine Tage vergehen seit einiger Zeit folgendermaßen: Ich schreibe, als könnte ich nicht genug bekommen ... und versinke dann in den Schlaf, diesen flüchtigen Urstoff. Diese seltsame Flüssigkeit, die durch die Seele fließt. Diesen dunklen Fluß, an dessen Boden sich die Kindheit versteckt hat und nie mehr wiederkehren wird. Dieses, das nicht kommen will, wenn ich es locke, und das kommt, wenn ich nicht darum gebeten habe. Der Schlaf, dieser Rest von jemand anderem, der auch in mir wohnt und den ich überhaupt nicht wahrhaben will.

Doch dieser andere besteht nur aus Vorwürfen und Zeit, eines anderen Zeit. Und in dieser Erzählung ist kein Platz. Nicht für ihn. Jedenfalls, ich fand wieder zurück in dieses tiefe, ruhige Wasser. Ich meine, in den Schlaf.

Ich weiß, ich sollte mich passenderweise hier irgendwo vorgestellt haben, aber der Charakter meines Themas macht einen leicht etwas unsicher über die Reihenfolge, in der die Dinge zu behandeln sind. Ich bin ganz einfach ein bißchen zu eifrig. Ein bißchen zu mitgenommen von allem, was in den letzten Wochen passiert ist.

Aber man muß jemand sein. Wenn man nicht das Gefühl hat, jemand zu sein, kann man nicht einmal eine gewöhnliche Zeitungsseite lesen. Auch dies ist eigentlich ein Zitat des Dekans. Er hatte wirklich viele merkwürdige Ansichten.

Doch er ist nicht hier. Die Frage ist, ob er jemals so weit gekommen ist wie bis hierher.

Also: ich muß jemand sein, um überhaupt etwas zu sagen zu haben. Mein Name ist Spencer Spencer. Doktor

Spencer Spencer. Außerordentlicher Dekan mit der Verantwortung für externe Forschungsfinanzierung am College of Liberal Arts. Das ist die größte Fakultät einer Universität, die tatsächlich zu den größten der Welt zählt, The University of Texas in Austin. Ich sage das keinesfalls, um anzugeben. Sondern nur, um zu zeigen, daß ein Dekan dort ein ziemlich mächtiger Mann sein kann. (Ich sage absichtlich »Mann«, denn bisher hat noch keine Frau diese Position erreicht.) Besonders wenn der Dekan solche Talente hat wie mein Dekan, kann er das eine oder andere zustande bringen.

⋆

Erst gestern las ich in einem vier Monate alten *New Yorker*, den ein Reisender von weit her auf einem der durchgesessenen Korbstühle draußen auf der Terrasse hinterlassen hat, einen Artikel, in dem behauptet wird, der Schlaf sei der natürliche Zustand aller Säugetiere. Das Wachsein wäre dann nur eine vorübergehende Störung, eine Unterbrechung, voll Unruhe und ängstlicher Sorge. Das klingt doch wahr? Was, wenn es so wäre?

⋆

Wer? Wieso wer? Habe ich das nicht erklärt?

Mein Vater hat mich einmal, und unglücklicherweise so, daß ich alles hörte, als eine nach innen verschrumpelte Rosine beschrieben.

Könnt ihr euch so etwas vorstellen? Und das Schlimmste ist, daß es eine ganz ausgezeichnete Beschreibung ist. Alles legt sich bei mir in Falten. Und das Allerschlimmste ist, daß die Falten nach innen gehen. Falte um Falte, und falls es etwas im Inneren der Falten gibt, ist es mir jedenfalls nie gelungen, es zu finden.

Wenn ich eine nach innen verschrumpelte Rosine bin, wie soll man dann meinen Vater beschreiben?

Als einen Ball, der nie rollen wollte?

Meinem Vater ist alles mißlungen.

Während seinem Bruder immer alles gelang.

Obwohl. Mein Vater kam um den Koreakrieg herum. Während sein Bruder an ihm teilnehmen mußte.

Aber davon hatte Papa nichts. Er wurde gemustert – damals gab es ja die Wehrpflicht – und als nicht tauglich befunden. Man brachte ihn um das zweifelhafte Vergnügen, irgendwo in den kalten und verschneiten nordkoreanischen Bergen von zwangsrekrutierten Chinesen mit Bajonetten den Bauch aufgeschlitzt zu bekommen. Oder es gelang ihm nicht, das gleiche mit kleinen, verfrorenen Chinesen zu machen, die man in irgendeinem Abschnitt von Koreas damals aktuellen Fronten aus einem Betonbunker ausgeräuchert hatte. Es mißlang ihm, genau wie uns allen genaugenommen, Nordkorea vor ein paar Generationen des rigidesten, des dümmsten Stalinismus und einem Zustand des permanenten Massenhungers zu bewahren.

Papa scheiterte. Er kam nie weiter als bis zur Musterungskommission. Das lag daran, daß er Plattfüße hatte. Plattfüße hat man, wenn der ganze Fuß, in Tinte oder Tusche oder Blut getaucht, oder in welche subtilen Säfte ihr wollt, und mit Kraft auf ein für diesen Zweck bereitgelegtes Papier gestellt, nicht diese elegante nierenförmige Leerstelle hinterläßt, die richtige Soldatenfüße hinterlassen sollen. Was geschieht mit einem, der Plattfüße hat? Ich habe keine Ahnung. Vielleicht bricht er am Beginn der Infanteriemärsche zusammen, vielleicht tun ihm die Füße so weh, daß er am Wegrand sitzen bleibt, als Gegenstand der Verachtung und des Neids seiner Kameraden. Oder vielleicht gab es damals, in den fünfziger Jahren, ein subtiles *Vorurteil* gegen Plattfüßige? Vielleicht *diskriminierte* man sie?

Ein paar Verwandte erfanden nach dieser Episode einen neuen Namen für ihn. *Plattfußindianer.* Besonders Cousin Derek war von diesem Namen entzückt.

Derek wurde zum Vietnamkrieg eingezogen, wo er offenbar ohne größere Risiken bei einer Art von Radioabhörstation gedient hat. Damit war der Grund für seinen Erfolg gelegt, denn als er als »Veteran« nach Hause kam, hatte er nicht nur Zugang zu den kolossal günstigen Hauskrediten, sondern auch zu einer Reihe von Stipendien, die nicht jedem offenstanden. Das brachte ihn in Laboratorien, von denen eins feiner war als das andere, nach Yale, Chicago und mit der Zeit nach Princeton. Dort machte er seine richtig tollen Erfindungen, die er dann mit nach Hause nahm und mit denen er Virtual Spaces gründete.

Aber jetzt bin ich etwas zu schnell vorgeprescht. Ich bin der Handlung voraus. Eigentlich um Jahrzehnte. Es war doch mein Vater, der *Plattfußindianer*, von dem ich gerade erzählte.

Daß sie ihn so nannten, hatte sicher mit seinem Gang zu tun. Der war zweifellos ein wenig seltsam. Er ging stets leicht vorgebeugt und irgendwie in den Knien eingeknickt, als wate er immer durch einen Sumpf.

Und das tat er ja auch.

Ja. Meinem Vater mißlang das meiste.

Und er war schwach.

Als ich jetzt zu meiner Wüstenwanderung aufbrach, die ich so lange vorbereitet habe (vielleicht war mein ganzes Leben eigentlich eine Art Vorbereitung auf eine Wüstenwanderung, und zwar genau auf diese), fing ich gleich an, eigentümliche, ziemlich erschreckende Träume zu haben, in denen ich oft wieder in dem komischen kleinen Haus meines Vaters am Fluß in San Marcos war. Heute ist es fein, ein Haus unten am Fluß zu haben, vermute ich. Damals war es das nicht.

Damals galt es eher als deklassiert.

Mein Vater hatte ein merkwürdiges Leben. Er hat früh seinen eigenen Vater verloren. Seine Kindheit war, glaube ich, von einer gewissen Langeweile geprägt. Vielleicht war das der Grund, warum er auf die sonderbare Idee kam, ein methodistisches Predigerseminar zu absolvieren. Das paßte überhaupt nicht zu ihm.

Wie ich schon sagte, mißlang ihm das meiste, und so war es natürlich auch mit der Religion.

Als ich zur Welt kam, war er Hilfsprediger in einer ziemlich tüchtigen Methodistengemeinde, die in der besten Gegend der Stadt lag. Es kam der Koreakrieg, und eine ganze Anzahl junger Männer ging fort und so mancher kam nicht zurück, aber es gab auch die Koreakriegskonjunktur.

Diese war daran abzulesen, daß die Gemeindemitglieder zur Gottesdienstzeit eine enorme Menge von Autos geparkt hatten, so viele und so große, daß die ziemlich willensstarken und selbstbewußten Villenbesitzer im Umkreis der hohen weißen Kirche Protestversammlungen abhielten und hin und wieder ein Schreiben an die Stadtverordneten von San Marcos schickten.

Am Anfang war Papa offenbar erfolgreich. Wir haben in unserer Familie eine gewisse äußere Fähigkeit, »süß« auszusehen. Wir haben rote Haare, wir sind dünn und groß, und wir hören aufmerksam zu. Das gehört zu den Dingen, die wir wirklich können. Aber wir sind auch sehr schüchtern.

 Mein Vater war schüchtern. Er heiratete das häßlichste

Mädchen, das er finden konnte, Mary Rose, die meine Mutter werden sollte. Ich bin und war immer davon überzeugt, daß er sie heiratete, weil er eine so schlechte Meinung von sich hatte, daß er sich nicht vorstellen konnte, jemand anders als Mary Rose könnte ja zu ihm sagen. Sie war ein kleinwüchsiges, schrecklich kurzsichtiges Mädchen mit struppigen Haaren, die sie mit Papierlockenwicklern zu bändigen versuchte, mit denen sie gewöhnlich den halben Tag herumlief. Jedenfalls als sie jung war.

Wie ich sie aus den letzten Jahren in Erinnerung habe, war sie immer nur struppig. Verdrossen, bitter, eigentlich überhaupt nicht ansprechbar.

Tatsache ist, daß ich sie nie ein positives oder anerkennendes Wort über meinen Vater sagen hörte. Sie hielt ihn für einen »totalen Versager«, einen »ganz und gar unverbesserlichen Trottel vom Land« (der nicht einmal lernen konnte, die Wäsche richtig zu sortieren, und der sich mitunter laut in die Damastservietten ihrer Großmutter schneuzte). Worin dieses Versagen eigentlich bestand, habe ich als Junge nie kapiert. Vielleicht habe ich es bis heute nicht kapiert.

Es hatte etwas mit dem ständigen, nörgelnden Vergleichen mit seinem Bruder, dem Koreaveteranen, zu tun, der immer reicher wurde.

Und etwas damit, daß es meinem Vater nie gelang, besonders lange bei einer Sache zu bleiben. Ich habe, glaube ich, nie einen so ungeduldigen, so leicht zu ermüdenden Menschen gekannt.

Wie er im Methodistenseminar mit dem Griechischen klarkam, ist mir völlig schleierhaft. Auf keinen Fall glaube ich, daß er imstande war, ein griechisches Verb in all seinen Formen vom Präsens aktivum bis zum Aorist passivum zu lernen. Vielleicht haben sie in diesem Methodistenseminar in Andover gar kein Griechisch gelernt? Was lernten sie dann?

Und warum wollte er Prediger werden?

Einmal hat er mir erzählt, daß er während einer gefährlichen Kinderkrankheit mit hohem Fieber einen merkwürdigen Traum hatte, in dem ihn die Engel weiter und weiter in immer größere Höhen emportrugen. Ein sonderbar hierarchischer Traum, könnte man meinen. Aber es war ein Traum von der Seligkeit. War es das, was ihn zum Methodisten machte? Ich habe nie davon gehört, daß seine Eltern besonders tiefe religiöse Interessen gehabt hätten.

Dann passierte eine dieser Katastrophen, die so typisch für meinen Vater waren.

Die Ursache aller Unglücke war sein Chef, Superintendent Stan Sanders. Ein großer, schwerer, melancholischer Mann, der im Ruf stand, ein verteufelt guter Kirchenführer zu sein. Was er bestimmt auch war. Ein großer Teil der so gehässig beneideten Erfolge der Kirche der Vereinigten Brüder war bestimmt sein Verdienst. Das Problem war nur, daß er allmählich zu erfolgreich wurde. Als ich als kleiner Junge historische Bücher über Napoleon Bonaparte las, dachte ich oft an Superintendent Sanders. Er war erfolgreich. Die Nachbarn der Kirche beklagten sich, wie gesagt, über allzu viele geparkte Autos am Sonntagvormittag und darüber, daß die Kirche (unter wilden Protesten) ihr Anwesen um immer mehr Nebengebäude erweiterte, ein Jugendheim baute, eine Gemeindebibliothek, eine Trainingshalle, ich weiß nicht, was noch alles.

Gelegentlich predigte mein Vater, schüchtern, mit seiner ziemlich schwachen, etwas nasalen Stimme, aber meistens war er auf anderen Gebieten tätig, in der Jugendarbeit und in Studienzirkeln, und das alles für ein sehr geringes Gehalt.

Superintendent Sanders hatte ein Problem, seine Bauchspeicheldrüse verhielt sich nicht ganz so, wie sie sollte. Ob das von einem sorgsam geheimgehaltenen Alkoholismus kam oder von einem angeborenen Fehler, ist nicht ganz leicht zu sagen. Dieses eigentümliche Organ, *Pankreas* genannt, hat mich seither fasziniert. Vielleicht, weil ich als Kind die Wörter *Pankreas* und *Pankreator* durcheinanderbrachte.

Jedenfalls hatte Superintendent Sanders ab und an Ärger mit seinem Pankreas. In solchen Situationen mußte mein Vater einen Teil seiner Pflichten übernehmen. Und zog dann, vorübergehend, von seinem bescheidenen Arbeitszimmer mit Blechschränken und einem alten, mit Hunderten von Kaffeetassenringen übersäten Tisch in die eleganteren Räume des Superintendenten.

Hier entdeckte mein Vater, daß einiges an Buchführungsarbeit liegengeblieben war, die sein Chef nicht mehr hatte erledigen können, bevor er ins Krankenhaus eingeliefert wurde, und mein Vater, tüchtig wie immer und ungeduldig, wenn er sich am Anfang einer Arbeit befand, krempelte die Hemdsärmel hoch und machte sich daran, einen ganzen Haufen von Rechnungen und Einzahlungen in das Hauptbuch der Gemeinde einzutragen. Wie er da sitzt, fühlt er sich richtig wichtig und bedeutend. Und hilfreich. Diese Dinge würde er schon in Ordnung bringen.

Und der Täufel lacht dazu, wie es in einem alten deutschen Scherzgedicht heißt.

Da gab es eine Anzahl von Transaktionen, die ein bißchen schwierig einzuordnen waren. Es schien, als sei eine Reihe von Einzahlungen auf das private Konto des Superintendenten vorgenommen worden. Provisionen, und gar nicht so geringe, eine betrug 7.000 Dollar, im Zusammenhang mit den Immobiliengeschäften, die die Kirche der Vereinigten Brüder im vorigen Jahr getätigt hatte. Der fromme Superintendent hatte für seine Mitwirkung bei den Immobilienkäufen der Gemeinde Trinkgeld kassiert, und nicht zu knapp.

Ja, die Fortsetzung könnt ihr, Schatten, die ihr einst diese Aufzeichnungen lesen werdet, euch selber denken.

Mein Vater wurde natürlich im Handumdrehen entlassen. Es ist ja eine gute alte Regel, daß es Dinge gibt, die junge, ehrgeizige Menschen erforschen sollten, aufmerksam und energisch. Und es gibt Dinge, die sie nicht erforschen sollten. Davon hatte er keinen Schimmer.

Er war dumm, oder soll ich sagen, unschuldig genug, statt mit einem erfahrenen Anwalt oder möglicherweise Staatsanwalt zu reden, nach dessen Wiederkehr direkt zum Superintendenten persönlich zu gehen.

Und ihn mit der Wahrheit zu konfrontieren.

Es dauerte nicht einmal eine Woche, bis mein armer Papa aus dem Betrieb geflogen war. Beschuldigt (wie möglicherweise zu erwarten), die Mädchen in der Konfirmandenklasse betatscht zu haben. Etwas, was ich überhaupt nicht von ihm glaube. Aber der geschickte Kirchenführer hatte seinen Vorstand bald genug davon überzeugt.

Für den Rest seines Lebens war mein Vater ein entlassener Prediger. Er verdiente seinen Lebensunterhalt auf mehrere verschiedene Arten. Keine davon war direkt schändlich, aber einige davon mehr als bescheiden. Ich erinnere mich an einen Herbst, vielleicht war es gerade dieser Herbst, in dem er als Weihnachtsmann in einem Kaufhaus auftrat.

Von den Kommentaren meiner Mutter will ich nichts erzählen. Was ich nie begriffen habe, ist, wozu sie diesen Mann haben wollte, wenn er in jeder Hinsicht doch so untauglich war. Warum ließ sie ihn nicht im Frieden des Herrn seiner Wege gehen?

*

Ereignisse, die ich nur indirekt und als eine Art von düsteren, vagen Gewitterdrohungen am Horizont meines zehnten Lebensjahres erlebte.

Später wurde es klarer. Viel später.

Die Wahrheit ist, daß mein Vater ein viel besserer Nietzscheaner gewesen wäre, als daß er ein guter Methodistenpastor war. Hätte er hinausgehen und mit methodistischen Methoden alle Menschen zu Nietzscheanern machen können, dann wäre er wirklich erfolgreich gewesen, wie ich glaube.

Daß er mit seiner großen Familie Geld ausgab, war nicht verwunderlich. Aber daß er viel mehr Geld ausgab, als er rechtens gebraucht hätte, um die Zinsen unseres bescheidenen Hauses, unsere Benzinrechnungen, unser Telefon zu zahlen – und ich weiß nicht was noch alles, das war merkwürdig. Aber so viel war es eigentlich auch nicht.

Versicherungen, zum Beispiel, hatten wir nicht. Das konnten wir uns nicht leisten, und es war ein ewiges Problem, wenn eins der Kinder sich den Ellbogen brach oder Zahnschmerzen hatte oder aus dem einen oder anderen Grund zum Arzt hätte gehen müssen.

Aber nichts von alledem erklärt, warum er so schrecklich viel Geld brauchen sollte. Wofür?

Ehrlich gesagt: ich weiß es nicht. Spielte er heimlich?

Und was? Wettete er auf Hunderennen? Poker? Trank er? (Drogen gab es damals so gut wie keine im nördlichen Texas.) Es war ja wirklich eine fromme und agrare Gesellschaft, und College Station war fast die frömmste von allen.

Hatte er eine Geliebte? Aber wann hätte er Zeit für sie haben sollen? Die einzige Zeit, die ich mir vorstellen könnte, wäre zwischen vier und sechs Uhr morgens gewesen. Aber dann müßte er sich wirklich sehr leise aus dem Haus geschlichen haben.

Wie auch immer. Da steht er ohne Arbeit und ohne Pastorentitel. Plötzlich brauchte er Geld, Unmengen von Geld. Und er kam auf etwas, was in seinen Augen offenbar als brillante Lösung erschien.

Er startete eine Spendenaktion. Ja. Herrgott. Er startete eine Spendenaktion. Muß ich noch mehr erzählen?

Es endete im Gefängnis.

Meine Mutter hingegen habe ich kaum erwähnt. Das hätte ich vielleicht tun sollen.

Sie ist eigentlich viel interessanter. Nach dem vierten Kind begann sie eine Migräne zu entwickeln. Keine mickrigen kleinen Kopfschmerzen. Sondern die große klassische Migräne. Die Sorte, auf die sich die Wissenschaft nie richtig verstanden hat. Ich erinnere mich, wie sie ganze Tage in einem dunklen Zimmer lag, bei jedem Laut von draußen vor Schmerzen zitternd. Es fing oft mit einem Zustand an, den sie selbst als ungeheuer angsterfüllt beschrieb.

Nein. Da erinnere ich mich falsch. Sie beschrieb es so, daß »die Wirklichkeit im Begriff ist, durch ein Loch aus mir herauszufließen«.

Es war buchstäblich so.

Es fing immer damit an, daß etwas Eigentümliches mit ihrem Sichtfeld passierte. Auf der einen Seite. Immer von derselben Seite her. Es war nicht so, daß sie schlecht gesehen hätte. Sie sah überhaupt nichts. Es war nichts da.

Manchmal überkam es sie, wenn ich zu Hause war. Sie wurde unruhig, mitunter beinahe aufgedreht, am Tag oder an den Tagen davor war sie nicht wie sonst. Aber es brauchte Zeit, bis ich es lernte. Ungefähr ab dem achten Lebensjahr lernte ich zu erkennen, wann es kommen würde. Es erschreckte mich maßlos. Einerseits, weil ein normalerweise ziemlich präsenter Mensch so entsetzlich abwesend werden konnte. Aber auch deshalb, weil sie genau das tat, wovon jeder Kinderpsychologe bestimmt abraten würde: sie erzählte mir von dem, was sie das Nichts nannte, und von ihrer Angst vor diesem Nichts.

Das eigentümliche Loch in ihrem Sichtfeld, das (jedenfalls hatte sie dieses Gefühl) anscheinend jederzeit zu wachsen anfangen und die Wirklichkeit in ihrer Gänze in sich hineinschlürfen konnte, dieses Loch.

Genau: *un sejour en enfer.*

Nein, ein Geologe bin ich wirklich nicht, aber es hat Momente gegeben, in denen ich gewünscht hätte, ich wäre es.

Welchen Schichten, welchen Ablagerungen hätte ich mich gewidmet?

Der kambrischen Ära vielleicht, dieser Sturzflut aus völlig fremden Geschöpfen. Dieser plötzliche, kaskadenartige Ausbruch von vollständig fremdem Leben, das genauso schnell verschwand, wie es gekommen war. Und desgleichen wir nie wieder gesehen haben.

Indessen; jetzt läutet die alberne Kuhglocke, die Mrs. Primrose benutzt, um ihre Gäste darauf aufmerksam zu machen, daß ihre Spiegeleier mit Schinken bereit sind, im Frühstückszimmer verzehrt zu werden. Es wird allmählich schon zu warm, um hier unter dem Dach zu schreiben, obwohl es erst neun ist. Und unter allen Umständen habe ich keine Lust, heute mit dieser Erzählung fortzufahren.

Warum?

Weil ich keine Lust habe. Dürfte das nicht genügen?

Ich glaube, ich habe meinen Vater geliebt.

Eine sehr einfache Unterkunft

Es sind nicht die Autos auf dem Weg hinaus in die nackte Wüste, die stören.

Es sind so wenige, und sie fahren nicht nachts.

Wenn jemand in der Dunkelheit mit dem Auto unterwegs ist, kann man fast sicher sein, daß es Menschenschmuggler sind. Oder möglicherweise ein *bandido*. Hat man mir gesagt. Ich glaube nicht, daß es hier besonders viele *bandidos* gibt. Mein Wirt erschreckt mich aus irgendeinem Grund damit. Er will nicht, daß ich nachts draußen auf den Straßen herumfahre. Etwas, das ich in den ersten Tagen nach meiner Ankunft getan habe.

Vielleicht will er mich daran hindern, eine wirklich klare Auffassung davon zu bekommen, was er selbst treibt?

Oder ist es nur eine Gewohnheit, in die ich hineingerutscht bin, nach allem, was geschehen ist?

Hinter allem und jedem ein Geheimnis zu wittern, eine Nebenbedeutung?

Drogenschmuggler von der Grenze. Menschenschmuggler. Mit denen zu tun zu haben viel schlimmer sein soll.

Der übrige Verkehr zieht es vor, tagsüber unterwegs zu sein. Die Lastwagen sind hauptsächlich von der klapprigen und verbeulten Sorte. Vereinzelt ein Auto mit einer kompletten mexikanischen Familie, mit Nähmaschinen und Hühnerkäfigen und kleinen Geschwistern. Alles in seltsamem Optimismus auf der Ladefläche gestapelt. Eine Familie auf dem Weg vom einen Ende zum andern, Tagelöhner auf dem Weg zu neuen Träumen vom Leben. Oder jedenfalls vom Überleben. Nein. Das ist es nicht, was stört.

Es ist etwas Geringeres und Unbedeutenderes. Die Hühner des mexikanischen Nachbarn, eine wunderliche Sorte, die Federn bis weit hinunter an den Zehen hat – es sieht aus, als trügen sie Pantoffeln –, machen einen fürchterlichen Lärm und stören wie der Teufel in den wenigen Stunden, die man schreiben kann, ehe es zu warm wird und der hartnäckige Geruch von einem Klosett auf dem Gang bis in mein Zimmer kriecht. Die Glühlampen gehen andauernd kaputt, es scheint, als vertrügen sie nicht die Luftdruckschwankungen hier draußen. Zwischen Tag und Nacht. Zwischen Westwind und Südwind. Mitunter habe ich den Eindruck, sie vertrügen nicht einmal allerlei Gedanken um sich herum.

Oder mit anderen Worten, daß ich selbst es bin, der sie ab und an ein bißchen zum Implodieren bringt. Wenn es so ist, besteht jedenfalls keine Gefahr, daß Mr. Primrose entdeckt, wer der Schuldige ist.

Ich habe nichts Moderneres oder Merkwürdigeres dabei als eine altmodische Reiseschreibmaschine, eine Remington, aber Papier habe ich Gott sei Dank in reichlichen Mengen. Ich nahm zwei ganze Kartons mit, als ich, etwas überstürzt, wie man sagen könnte, aus meinem Zimmer im West Mall Building aufbrach, und das zeigt doch, daß ich im Grunde genommen eine ziemlich rationelle und gut organisierte Persönlichkeit bin. Oder habe ich daran gezweifelt?

Wie bin ich hier gelandet?

Und wie wurde ich, ausgerechnet, außerordentlicher Dekan? Es ist wahrhaftig leicht, Fragen zu stellen, schwieriger manchmal, sie zu beantworten. Wäre es nicht besser gewesen, wenn ich mit meinen Kursen über Theaethetus und das Traumargument weitergemacht hätte, oder mit dem Doktorandenseminar PHL 375 über, wenn ich mich recht erinnere, die Leere in Aristoteles' Philosophie.

Seminare von der Art, wie sie auch der Dekan früher einmal gehalten hat.

Jetzt, da der Dekan für immer fort ist, überrasche ich mich selbst damit (mehrmals in der Nacht, jedesmal wache ich auf, in kaltem Schweiß und erschrocken), zum erstenmal eine Frage zu stellen, die ich vor sehr langer Zeit hätte stellen sollen: Wer war er eigentlich? Ein exzentrischer und machtbesessener Professor mit einer Vergangenheit in dem fernen Krieg in Vietnam? Schrieb er wirklich Winnicotts Romane? Ein Erzketzer? Ein origineller Philosoph, vielleicht mit ein bißchen sehr verschrobenen Ansichten über einige Dinge? Ein Feind? Ein Freund?

Ist es wirklich so? Versuche ich noch immer, ihm zu imponieren?

Wüsten sind nicht immer flach

Diese Erzählung ist eigentlich in der Stadt zu Hause. Austin, mit all seiner Modernität und Bequemlichkeit und Tüchtigkeit, hat es irgendwie geschafft, westlich von dem sagenumwobenen und in Wirklichkeit fast immer ausgetrockneten Fluß Pexos zu landen. Eine Geschichte, die unter den schattigen Eichen und Ulmen auf dem weitläufigen und ein wenig feierlichen Campus der University of Austin zu Hause ist, hat es diskret geschafft, hier in dieses Nichts hinüberzugleiten.

Sie hat in aller Stille viele Flüsse überquert und ist an diesen bescheidenen Ort gelangt.

Tatsächlich befinden wir uns hier in einem der größten und sterilsten Wüstengebiete des Planeten, der Chihuahuawüste, die sich von hier aus bis weit hinein in Mexikos Hochländer und weit hinaus nach New Mexiko erstreckt. Ein immenses, menschenleeres Labyrinth aus offenen Flächen, über die der Wind rast und Staubdschinns hochwirbelt, die über die Dürre hinwegschweben, über das Netzwerk von *arroyos*, die einander so ähnlich sind, daß der Unerfahrene leicht darin verlorengehen kann.

Aber hier und da auf einer Kalksteinwand in einem solchen arroyo, von einem überhängenden Stein vor den ungeheuren Gewitterstürmen geschützt, die hier gelegentlich losbrechen, und so hoch oben, daß das Wasser sie nicht erreicht, finden sich diese Piktogramme. Eine merkwürdige Bilderschrift in rötlichem Ocker oder Zinnober, viele Zeichen, die von etwas erzählen oder vor etwas warnen wollen.

Zeichen, im Fels hinterlassen von den nomadisierenden Stämmen, die vor Jahrtausenden hier lebten. Niemand weiß, wie sie hießen, woher sie kamen oder wo sie geblieben sind.

Und für sie gab es keine andere Welt als diese. Sie müssen in der Überzeugung gelebt haben und gestorben sein, daß das Universum so aussieht.

Hier und da in der Gegend von Sturdy Batte sieht es aus, als hätte es geschneit. Aber das hat es nicht. Es gibt große weiße Flecken aus Salz in der Wüste, total unfruchtbarer Boden. Hier kreuzen sich die Straße 170 und die Straße 118. Die Straße 170 führt in westlicher Richtung weiter nach Terlingua und Lajitas, wobei ersteres eine an einer verlassenen Quecksilbergrube gelegene Geisterstadt ist, und das andere ein Reiter-, Touristen- und Kanucamp am Rio Grande, das niemand mehr besucht.

Es gibt einen gewissen Typ von modernen Radfahrern, die es lieben, ihr Leben zu riskieren, indem sie einen bestimmten Hang hinunterrasen. Manchmal gelingt es ihnen. Manchmal nicht. Am schlimmsten ergeht es dem, der bremst.

Aber es gibt mehr zu erzählen.

Irgendwo in dieser Gegend soll es etwas sehr Merkwürdiges geben: einen Abstieg in die Unterwelt, wie örtliche Scherzbolde sagen. Er beginnt bei einem alten Autofriedhof. Von dort aus verläuft ein schmaler, abschüssiger Cañon, ein arroyo, der sich immer mehr verengt und immer steiler zu einer Höhlenöffnung hin abfällt.

Wer da hineingeht, tut gut daran, gewisse Vorbereitungen getroffen zu haben.

Woher ich das weiß?

Es gab – jedenfalls bis vor etwa einem Jahr, in letzter Zeit habe ich mich dort nicht mehr blicken lassen – einen Frisiersalon, der hieß, ja, auch daran erinnere ich mich nicht, und eine große blonde Friseuse namens Windy.

Der Dekan hegte offenbar eine schwer erklärbare Bewunderung für sie. Tatsächlich sprach er nicht selten von Windy, und er schrieb ihr magische Gaben zu. Ich weiß nicht genau, was das zu bedeuten hat, aber er behauptete das steif und fest von ihr.

Wenn man dem Dekan glauben durfte, war sie bemerkenswert, eine Mischung aus Baglady und Pythia. Die Wahrheit ist, daß der Dekan sich immer mit solchen eigenartigen Freundinnen umgab. Windy war typisch dafür. Ich würde gern wissen, was aus ihr geworden ist.

Diese Freundinnen hatten in der Regel nichts mit der Universität zu schaffen, er schien sie an allen möglichen und unmöglichen Orten aufzulesen. Es konnte eine Taxifahrerin sein, das Mädchen an der Supermarktkasse, oder diese charmante und exotische Buchhändlerin, Damen, die er auf irgendeine Weise mit Richter Caldwell geteilt zu haben scheint. Ein Mann, der heutzutage nicht viel von sich reden macht.

Es war also diese Windy, die behauptete, etwas von den Eingängen in die Unterwelt, in die richtige Unterwelt draußen in den Chisosbergen, zu wissen.

Tja, was soll man davon halten? Ich muß sagen, mit jedem Tag neige ich immer mehr zu der Auffassung, daß die unglaublichste, die verrückteste Erklärung für was auch immer die richtige sein muß.

Aeneas fand ja einen Abstieg. Das steht, wie jeder weiß, in Vergils Aeneis. Im siebten Gesang, genauer gesagt. Er tut es, nachdem er sich beim Orakel, der Priesterin, die in einer Höhle auf einem Dreifuß sitzt und die vulkanischen Dämpfe einatmet, gründlich erkundigt hat, wie man es macht. Daß jemand in die Unterwelt hinabsteigt, geschieht

 bestimmt öfter als wir glauben. Ich denke, es ist gar nicht so ungewöhnlich, daß wir Leute treffen, die dort gewesen sind. Ich meine es manchmal an ihren Augen zu erkennen.

Nein. Ich will nicht, daß diese Aufzeichnungen einen allzu extremen, vielleicht exzentrischen Eindruck machen. Das würde ein ganz falsches Bild von ihrem Verfasser geben. Ich bin ein ganz trivialer Mensch, oder vielmehr – ich glaube, ich *war* es früher einmal.

Wenn ich nur fassen könnte, wie das alles gekommen ist! Wenn ich jetzt zurückblicke, scheint es, als hätte das alles eine unerbittliche Logik: daß ich Assistent beim Dekan wurde, und gerade bei *diesem* Dekan, sollte man vielleicht hinzufügen. Und daß er mir Vertrauen schenkte, ein Vertrauen, das, wie sich ja herausstellen sollte, ein bißchen zu schwer für mich zu tragen war.

Und dann das Mädchen, oder wie man es nennen soll, diese Mary Elizabeth! Allein schon der Name ist ja seltsam! Wer mag auf die komische Idee gekommen sein, sie so zu nennen?

Ich weiß, daß meine Erzählung zum Teil glaubwürdig ist und zu einem anderen, größeren Teil unglaubwürdig. Das Glaubwürdige kommt von mir, denn ich habe es mit meinen eigenen Augen gesehen. Das Unglaubwürdige stammt vor allem aus Mary Elizabeths Erzählungen.

Soll man ihnen Glauben schenken?

Ich glaube daran, weil sie so unsinnig sind.

Ohne dieses merkwürdige Mädchen, kalt und warm zu gleicher Zeit, hätte alles einen anderen Verlauf nehmen können.

Bei jeden Schritt auf dem Weg schien es, als hätte ich die Freiheit zu wählen, und jetzt, wo alles vorüber ist, sieht es so aus, als hätte ich nie die geringste Chance gehabt. Wenn da ein Riß war, wo es die Freiheit gab, hat er sich jetzt geschlossen.

Wie konnte das alles nur so kommen?

Ein glücklicherer? Aber was sollte das bedeuten? Ein glücklicherer Ausgang?

Ein glücklicherer Ausgang.

Ich glaube, wir streichen dieses Tor von der Karte. Ich mag jetzt nicht so recht daran denken. Her mit dem Pilz!

[*Feuchtigkeitsschaden im Manuskript*]

– Wenn man sich beispielsweise die Naturfilme im Fernsehen ansieht, sagte der Dekan, sollte man ja, wenn man mit normalen intellektuellen Fähigkeiten begabt ist, ziemlich nachdenklich werden. Diese Welt kann keine richtig sympathische oder wohlwollende Welt sein! Was wir sehen, ist eine fast durch und durch böse Natur. Eine gigantische, sinnreiche Maschinerie, dafür eingerichtet, Schmerzen zu bereiten, immer aufs neue.

Wovon handeln diese Naturfilme? Kleine hilflose Tiere werden zu Tode gejagt. Von größeren und stärkeren, von schnelleren oder von listigeren Tieren. Sie werden zu Tode gejagt, und sie dürfen nicht ohne Schmerz, lähmende Angst, ja Erniedrigung sterben.

Und das Eigenartige ist ja, daß dies der Allgemeinheit als lehrreiches, nahezu erbauliches Programm präsentiert wird. Man kann den hechelnden, apologetischen Eifer dieser Naturenthusiasten förmlich hören, wenn sie uns zu erklären versuchen, wie raffiniert und reizend es ist, wenn der Hautflügler seine Eier in den hilflosen Körper der vollständig gelähmten Larve legt. Offenbar erwarten sie wirklich, daß wir das bewundern! Die Präzision, mit der diese scheußlichen kleinen Maschinen, kaum anders als Computerprogramme, ihren Legestachel an den richtigen Stellen in den Körper des armen Wirtstiers bohren, die Jagdtechniken des Raubtiers und die Grausamkeit des Neuntöters gegen die Feldmäuse. Die erbarmungslose, effektiv funktionierende Grube des Ameisenbärs, die dem Opfer keine Chance läßt, oder das kunstvolle Fangnetz der Spinne. Warum sollten wir das bewundern?

Kann man sich für die Entwicklung von Leben auf einem Planeten eine grausamere Methode vorstellen als die Evolution? Eine schmerzhaftere, eine brutalere, eine gleichgültigere!

Warum versucht man das zu vertuschen! Diese Welt ist keine sympathische Schöpfung. Und das einzig Versöhnliche am Menschen ist, daß er – bestenfalls – sehen kann, daß es so ist.

Das war etwas, worauf er oft zurückkam.

– Es verläuft ein Riß zwischen dem Menschen und der Natur. Ja, es sollte mich nicht wundern, wenn er durch das ganze Universum verliefe. Was wäre dann unsere Aufgabe?

Unnatur zu sein, natürlich. In jedem Punkt, in dem es möglich ist, diese Natur herauszufordern, in Frage zu stellen, zu korrigieren. Der erste Mensch, dem es einfiel, daß man nicht alle Pflanzen akzeptieren muß, die in einem Land wachsen, daß man einige züchten und den Rest herausreißen kann, hat vermutlich etwas Moralischeres getan als diejenigen, die nach ihm kamen. Das ist der erste Schritt zur Verkünstelung. Und je mehr wir diese böse Natur verkünsteln, ihre Mittel gegen sie selbst wenden, um so mehr dienen wir einem göttlichen Ziel.

Was könnte das sein? Vielleicht, daß diese Schöpfung insgesamt verschwinden soll. Wäre das nicht ein moralisch viel befriedigenderer Zustand?

⋆

Ich kann nicht all diese Monologe des Dekans wiedergeben. Es waren so viele, und so überraschende. Einige davon erschienen mir vernünftig, andere unvernünftig. Aber sie führten mich auf einen Weg. Auf dem ich mich, wie ich fürchte, noch immer bewege.

Später kam eine Periode, in der er anfing, mir Aufträge zu erteilen.

Gerade an dem Nachmittag, als die Nachricht eintraf, daß der Verwaltungsdirektor Palmer uns leider verlassen hatte (plötzlich verschieden durch etwas, das nur ein Selbstmord sein konnte, ein verzweifelter Akt, in einem Zustand akuter Sinnesverwirrung oder möglicherweise Überanstrengung begangen, verursacht durch eine allzu detailversessene und übertrieben ehrgeizige Arbeit mit den Etats der verschiedenen Fakultäten), bekam ich einen Auftrag vom Dekan.

Das überraschte mich sehr, denn es stand in keinem Zusammenhang mit den üblichen Aufgaben im West Mall Building …

★

[*Längerer durch Feuchtigkeit beschädigter Abschnitt*] … Wir diskutierten Theologie und einigten uns darauf, daß die Theologie, sollte sie den geringsten Anspruch auf Glaubwürdigkeit haben, im Ernst versuchen müsse, eine Wissenschaft von Gott zu werden. Es geht nicht an, mit Surrogaten zu kommen.

Warum also nicht damit anfangen, eine Liste darüber zu machen, was wir von Gott wissen und was wir nicht wissen. Und was nur vage Vermutungen sind.

Wir wissen, daß Gott uns nicht gleicht.

Wir vermuten, daß Gott existiert.

Wir wissen, daß Gott nicht moralisch ist. (Denn sonst könnte Gott nicht zugleich allwissend und allmächtig sein.)

Wir vermuten, daß Gott allmächtig ist. Haben wir eigentlich Grund, das zu vermuten? Hat Gott nicht ganz im Gegenteil in allen Situationen, wo ein Gott wirklich gebraucht worden wäre, eine auffallende Machtlosigkeit gezeigt?

Wir wissen, daß Gott eins ist. (Die Dreieinigkeit ist, wie Borges bemerkt hat, ein entsetzliches, erschreckendes Monster, nur für den akzeptabel, der die Theologie nicht ernst nimmt.)

Könnte Gott, wenn Gott es wollte, sich selbst auslöschen, sich selbst ungetan machen?

Wenn nicht, folgt daraus, daß Gott nicht allmächtig ist.

Der Dekan hatte zwei Einwände.

Der eine war, wenn ich mich recht erinnere, daß Gott, wenn es ihn nicht gibt, ihn nie gegeben hat, sich auch nicht ungeschehen machen könne.

(Hier berief er sich auf ein bekanntes Prinzip bei Aristoteles: *Ex nihilo nihil.* Von nichts kommt nichts.)

Der andere Einwand war viel interessanter:

Woher wissen wir, daß es nicht genau das ist, was Gott getan hat? Es gab einmal einen Gott, es hat ihn vermutlich immer gegeben, er entdeckte seine Allmacht und sein allumfassendes Wissen. Und er war nicht zufrieden mit dem, was er wußte. Also löschte er sich aus und verschwand in höflichen Formen aus der Existenz.

Von hier aus kamen wir auf den Teufel zu sprechen. Wir diskutierten die alte Umkehrung von Anselms ontologischem Gottesbeweis: Wenn das vollkommenste Wesen existieren muß, weil ein Wesen, das nicht existiert, weniger vollkommen ist als eins, das existiert, dürfte der Teufel, in seiner Eigenschaft als das unvollkommenste Wesen, nicht existieren. Und zwar aus genau demselben Grund.

Der Dekan war ernstlich verärgert darüber, daß ich mit diesem, wie er sagte, »schlechten alten Argument« ankam. Hatte ich eine Ahnung davon, fragte er, wie der Teufel war? Wenn es eine wirklich böse Macht in der Welt gab, bestand dann tatsächlich ein Grund zur Vermutung, daß sie unvollkommen war? Sprach nicht eher das meiste dafür, daß sie, wenn nicht vollkommen, so doch zumindest auf dem Weg zur Vollkommenheit war?

– Mein Kopf fühlt sich ganz leer an, Spencer.

Natürlich kann es in meinem Kopf nicht ganz leer sein. Was würde es bedeuten, wenn es in jemandes Kopf ganz leer wäre?

Ich weiß es. Auch das habe ich erlebt.

Sehen Sie, die meisten hier, die sich Philosophen nennen, Philosophieprofessoren, die in Akademien sitzen und Bücher veröffentlichen und Preise bekommen; sie haben keine Ahnung davon, was wirkliche Philosophie sagen will.

Die Philosophie ernst nehmen heißt, verstehen, daß sie nicht etwas ist, was wir auf dem Papier oder auf schwarzen Tafeln herstellen, sondern etwas, das wir mit uns selbst machen. Wir orientieren uns, richten uns im Verhältnis zur Welt aus.

⋆

Schwer zu sagen, wie es anfing, aber ich glaube, es fing so an: Eines Morgens kommt er mit seinem Rollstuhl so schnell in mein Zimmer gefahren, daß er fast nicht mehr bremsen kann, und sagt:

– Spencer! Haben Sie das gesehen?

– Wie bitte?

– Warum hinken plötzlich alle in diesem Korridor?

– Tatsächlich?

– Es ist nicht fassen, wie es dazu kommen konnte, aber plötzlich hinkt einer nach dem andern hier im Korridor. Es wirkt beinah feierlich und erinnert mich an etwas, woran ich nicht gern denke.

 Eine Schreibkraft, Rose, hat sich den großen Zeh gebrochen, als sie am Sonntag nachmittag zu Hause auf der Treppe stolperte – trinkt sie etwa mehr, als ich dachte? Morgan, Ihr lieber Kollege als außerordentlicher Dekan, hat sich einen Sehnenriß in der Wade zugezogen, weil er dumm genug war, eine Sportart zu betreiben, die unter keinen Umständen zu ihm paßt.

Und dann kommt diese hübsche neue Verwaltungsassistentin, die mit den großen melancholischen Augen und den kurzen roten Haaren, und zieht ihr perfekt geformtes rechtes Bein nach, sehr attraktiv in einem schwarzen Strumpf.

Hier gibt es kaum noch einen Menschen, der auf normale Art gehen kann.

Und insgeheim bezichtigen sie sich gegenseitig der Nachahmung. Meinen Sie nicht? Nur mich können sie nicht verdächtigen. Ich sitze ja bereits im Rollstuhl.

Ja, eins kann man wohl mit Gewißheit von mir sagen, nicht wahr?

Wie? Sie verstehen nicht?

Ich hinke nicht.

Am Nachmittag kam ich darauf, wie ich uns nennen würde: Der Bund der Hinkenden.

Na, das paßt doch?

Tja, Herrgott, was sollte ich antworten. Er hat oft solche Einfälle. Und eine Viertelstunde später war er wieder in meinem Arbeitszimmer (ohne anzuklopfen, warum sollte ein Dekan anklopfen?) und fuhr ohne weiteres fort, als wäre es Teil eines Räsonnements, das er gerade abgeschlossen hatte:

– Außerhalb von Hoc So, im Dschungel, unterwegs an einem sehr steilen Hang, schwebte einmal ein Feldwebel aus meiner Schwadron auf einer rosa Wolke empor. Sie trug ihn im Abendlicht hoch hinauf, und erst als er wieder herunterkam, begriff er, daß die rosa Wolke aus seinen beiden Beinen bestand. Die eine Minenexplosion zerstäubt hatte. Und die ihn als rosa Wolke umgaben. Wundersamerweise hat der Mann überlebt.

– Warum ich in Vietnam gelandet bin und schließlich sechzehn Helikopter befehligte? Mir blieb keine große Wahl. Eines Tages stand ich in Yale mit einem Brief in der Hand da und konnte mich entscheiden, entweder am nächsten Mittwoch in Denning zu erscheinen oder mich am nächsten Freitag als Deserteur in Stockholm zu befinden. So etwa. Ich habe mir beide Alternativen wirklich gründlich überlegt. Ich glaube, damals war ich eigentlich Pazifist. Aber das war nicht das Ausschlaggebende. Ich hatte Angst.

Ich glaube, entscheidend war, daß ich mir unmöglich vorstellen konnte, was ich ein ganzes Leben lang in Stockholm anfangen sollte. Es wurde leer im Kopf, wie ich zu sagen pflege, als ich es versuchte.

Also zog ich das Leiden der Langeweile vor, hätte Schopenhauer gesagt.

★

Ich weiß nicht recht, wie es anfing.

Aber die Neugier, die ich verspürte, wurde fast schon zu einer Art Manie.

Natürlich bereitete es keine Schwierigkeiten, festzustellen, wer der Dekan Professor Paul Chapman ist. Er steht in allen gängigen Nachschlagewerken, inklusive dem *Who Is Who in Education*. Geboren 1938 in Fredericksburg, Texas, Studien am Hamilton College, Columbia, und in Cambridge, England, Wehrdienst in Vietnam 1964–66, als

Hauptmann aus dem Dienst geschieden. Seit 1976 Professor für griechische Literatur an der University of Texas. Verfasser einer Anzahl von gelehrten Werken, darunter eins, das davon handelt, wie die alten Griechen Farben wahrnahmen und beschrieben. Seit 1979 Dekan des College of Liberal Arts.

Daß er mütterlicherseits mit dem bekannten Sprachphilosophen Alexander Bryan Johnson verwandt ist, dem Bankdirektor und Philosophen aus Utica, der 1867 starb und ein ansehnliches Vermögen hinterließ, das noch immer über die ganze Familie ausgestreut ist, ist ebenfalls kein Geheimnis. Johnsons *Treatise on Language* gehört zu den Büchern, aus denen er nicht selten zitierte, wenn er mir zeigen wollte, daß Macht meistens nichts anderes ist als die Macht über die Sprache.

Die Fähigkeit der Sprache, die Welt aufzuteilen und einzuteilen und die Menschen sozusagen perspektivisch zu lenken, gehörte zu den Lieblingsideen des Dekans.

Bekannt für seine energische und unsentimentale Leitung einer großen Fakultät, die unter seinem Einfluß, seit 1979, gewachsen ist und zugleich ganz offensichtlich an Qualität gewonnen hat.

Aber es war etwas anderes, wonach ich suchte. Nach einer möglichen Erklärung für – wofür? Für einen Eindruck? Was für einen Eindruck?

Ich hätte es damals nicht in Worte fassen können, nicht einmal für mich selbst.

Am Anfang unserer Bekanntschaft.

*

– Spencer, was wissen Sie über Vietnam? (Der Tonfall war jetzt eine Spur provokativ. Ich verstand nicht recht, worauf er eigentlich hinauswollte.)

Sie glauben vielleicht wie alle jungen Idioten in der Generation nach meiner, wir wären in diesem Krieg hilflos gewesen? Wir hätten mit durchnäßten Karten im Regen gesessen und darauf gewartet, ihn zu verlieren?

Haben Sie eigentlich eine Ahnung, wie viele Vietcong wir in diesem Krieg getötet haben?

Millionen. Ich allein habe bestimmt Tausende von Toten gesehen. Verbrannt, verstümmelt, mit Lehm und Staub bedeckt, pulverisiert und ertränkt, zersprengt und erstickt oder einfach verblutet. Das ist eine Seite der Angelegenheit, die die Leute nicht verstehen. Oder nicht so gern verstehen wollen. Was wir über eine ganze Reihe von Jahren dort betrieben haben, war ein absolut industrielles Töten von Vietnamesen aller Art, beiderlei Geschlechts und jeden Alters. Und, wie die Kritiker des Krieges betonten: vollständig sinnlos.

Wenn man mit »sinnvoll« meint, daß jemand von der ganzen Sache eine Art von geopolitischem Effekt erwartete. Der Krieg wurde von Anfang bis Ende von der Sowjetunion unterstützt, und auf der Nordseite gab es viel mehr von dieser mechanisierten Kriegsführung, als gesagt wurde. Aber ich kann nicht sehen, daß die Sowjetunion irgendeinen Vorteil von alledem hätte. Für die Chinesen war es wohl eher vorteilhaft, daß wir da waren und Vietnamesen töteten. Vielleicht hat Nixon das begriffen.

Wie auch immer. Vietnam war unter jedem denkbaren historischen Gesichtspunkt sinnlos. Aber es gab eine Unzahl von Menschen, die in dem Ganzen einen persönlichen Sinn fanden.

Es ist so, sagte der Dekan, daß ich Sie um einen Gefallen bitten muß, um den ich niemals bitten würde, wenn es nicht sehr wichtig wäre.

 – Gewiß, sagte ich ziemlich verwundert.

[Textverlust]

– Diese Geschichte beginnt vor langer Zeit. Wie ich vielleicht schon sagte, befehligte ich in Vietnam gleich nach der Tet-Offensive eine Jägerkompanie. Sonst würde ich ja nicht in diesem dämlichen Rollstuhl sitzen.

Eines Tages landeten wir in einer Zone, die kalt sein sollte und sich auch als kalt erwies. Wir unterschieden zwischen kalten und warmen Landungszonen, das heißt solchen, in denen wir nicht sofort beschossen wurden, und solchen, in denen man sein Bestes tat, um uns so schnell wie möglich zu töten. Das waren die heißen Zonen.

Das Prinzip hieß Flächenkrieg, wie Sie sicher wissen, fügte der Dekan mit einem etwas gekünstelten Gähnen hinzu.

Durch die moderne Technologie waren Schützengräben und feste Stellungen etwas, was nur in den Geschichtsbüchern vorkam. Mächtige brummende Wespenschwärme von Helikoptern sollten es ermöglichen, ganze Bataillone mit der darunterhängenden Artillerie einzusetzen, spezielle Helikopter, die aussahen wie eine Art von fliegenden Baugerüsten. Ungefähr so, wie auf das Schachbrett die Spielfigur des Pferdes gesetzt wird.

Es war die große Zeit der modernen, der fliegenden Kavallerie. Die Helikopter flogen wie riesige Heuschrekkenschwärme über die grüne Landschaft, aus der Rauch aufstieg, teils senkrecht und teils vom Wind in die Länge gezogen. Ganze Wälder wurden unter den Bombenteppichen der B52 vernichtet, und Verbände in allen Größen und Formaten wurden auf das Schachbrett gesetzt, von Zügen bis hin zu verstärkten Bataillonen. In unterschiedlichen Zonen, kalten oder heißen.

Manchmal waren Feinde da, und manchmal waren sie

vollständig leer, so leer, daß die Leere wie ein Krähenschwarm zum leeren Himmel schrie. Und man konnte nie im voraus wissen, was der Fall sein würde. In der Regel gab es Überraschungen. Wenn man absolut sicher war, in einer Zone zu landen, die mit Vietcong gespickt war, konnte es dort ganz still und ruhig sein. Und erwartete man eine Stille, groß wie ein ländlicher Friedhof in der Nacht, konnte es einige sehr gewaltsame Überraschungen geben. Das lag daran, daß die Vietcong praktisch in allen Stäben ihre Spione hatten, Büroboten, Elektriker, Verbindungsoffiziere, was Sie sich nur vorstellen können. Und alle lasen sie unsere Befehle und Karten, und alle machten einen äußerst zuverlässigen und loyalen Eindruck, und jeden Nachmittag konnten unsere Pläne, sauber und mikroskopisch auf die Innenseite des Papiers einer Zigarette geschrieben oder im Strumpf versteckt, übergeben werden. Und nie gelang es uns, sie dabei zu ertappen oder zu stellen.

Sehen Sie, in Vietnam gab es gar nicht so wenig, was unmittelbar an die Hölle erinnerte, an Dantes Hölle und all die anderen. Und das Höllischste war, daß man eigentlich bei keinem einzigen Menschen wußte, woran man war. Ich sage Ihnen: bei keinem einzigen Menschen. Es war wie bei Montaigne: »Freunde! Es gibt keine Freunde!«

Sie wissen vermutlich, was ich meine. Wo war ich stehengeblieben? Ja – bei diesen Landungszonen. Sie konnten sehr verschieden aussehen, aber in der Regel war es eine Lichtung im Dschungel, ein feuchtes Gebiet, voll von Blutegeln und hohem Elefantengras, das ein Versteck bot, aber auch vieles verbergen konnte. Mitunter waren es Lichtungen, die unsere Bomber geschaffen hatten. Wir bombten sie sozusagen frei.

Und manchmal waren sie wie gesagt heiß, es waren also Feinde dort. Die uns töten wollten. Sie können sich ja denken, was für eine unglaubliche Kränkung es ist, wenn Sie zum erstenmal entdecken, daß andere Menschen sehr hart, sehr systematisch daran arbeiten, Sie zu töten. Ihre Existenz zu beenden! Nur weil sie der Ansicht sind, Ihre Existenz sei völlig unvereinbar mit ihrer eigenen Existenz.

Und damit vermutlich ganz recht haben.

Also, wie ich sagte: es gab kalte Zonen. Und es gab heiße. Und wenn sie heiß waren, waren sie heiß wie die Hölle.

Auch mein Verband (der also ein Jägerbataillon war und den man seltsamerweise mehrere Wochen stillgelegt hatte, ungefähr als hätte man keine Verwendung für uns, was zu dem Zeitpunkt sehr ungewöhnlich war) sollte jetzt in eine Landungszone hinein.

Der Plan war, daß wir in Bataillonsstärke in eine Landungszone einfliegen sollten, die garantiert kalt war, und uns von dort aus in der Nacht zu einem Gebiet durchschlagen, das als infiltriert galt. Infiltriert von einer Unmenge von Nordvietnamesen.

Sie würden eine handfeste Überraschung erleben, wenn wir von der Flanke her anrückten. Es würde ein richtig industrielles Blutbad geben, wie es sich in den Tagesberichten so gut machte.

Ich ließ einen Zug mehrmals in geringer Höhe darüber hinfliegen, um festzustellen, ob es dort wirklich ruhig war. Es schien so, alle Berichte deuteten darauf hin. Wir gingen auf eine so geringe Höhe herunter, daß wir das hohe Gras im Propellerwind der Helikopter wogen sahen. Hier und da schimmerte Wasser. Aber es war nicht so tief, daß es eine Gefahr bedeutet hätte.

Krieg wird in der Literatur fast immer so dargestellt, als sei er ausschließlich höllisch und widerwärtig. Alle, die zurückkommen, vermeiden es, von der Kehrseite zu sprechen – von der wilden Erregung, dem geradezu physischen Genuß, Feinde sterben und fallen zu sehen, die ganze befreiende Raserei und der reine Genuß des Tötens.

Glauben Sie mir, ich sah einmal einen Jägerleutnant, der an der Spitze einer Patrouille ging, die in einen Hinterhalt geriet. Er lief auf eine Tretmine, und ungefähr gleichzeitig sprangen direkt vor ihm zwei Vietcong aus dem Elefantengras auf. Er rannte ihnen nach und tötete tatsächlich alle beide. Er muß mindestens zwanzig Meter weit gerannt sein, bevor er merkte, daß er am rechten Bein keinen Fuß mehr hatte. Da war nur ein stark blutender Stumpf, sorgfältig in Matsch getaucht. Er war völlig perplex und spürte immer noch nichts. Und höchst zufrieden damit, daß er beide Feinde bei der Verfolgung getötet hatte.

Wenn wir die Landungszone halten konnten – und das war öfter der Fall, als die unwissenden Jugendlichen von heute glauben, überhaupt waren wir effektiver, aggressiver und nicht selten verheerender –, kamen mit der Zeit andere Männer in Helikoptern und sammelten die Toten in ihren Säcken ein.

Von der Gegenseite machte man nicht viel Aufhebens. Es waren zu viele. Wir töteten immer viel mehr Vietnamesen, als wir selbst Männer verloren. Das war der Sinn des *body count.* Was wir produzierten, waren tote Vietnamesen. Jedenfalls war es das, was man von uns erwartete. Wir produzierten Tod. In sehr großen Mengen.

Oft waren sie völlig zersetzt und verbrannt, so daß der Brandgestank schlimmer war als der andere. Sie bekamen höchstens einen Bulldozer und ein großes Grab, wenn sie uns sozusagen im Weg lagen. Heutzutage wird ja überhaupt nicht mehr davon gesprochen, wie entsetzlich viele Vietnamesen wir in diesem Krieg töteten. Es heißt immer, wir hätten ihn verloren.

Und das haben wir vielleicht auch. Aber zu einem ungeheuren Preis für die Vietnamesen.

Manchmal waren wir genauso schnell verschwunden, wie wir gekommen waren. Die schnellen, verheerenden Vögel des Flächenkriegs, Habichte und Geier zugleich.

Und andere Vögel kamen und nahmen sich ihrer an. Manchmal, wenn ich hier sitze, wünschte ich, ich hätte keinen einzigen Menschen getötet.

An anderen Tagen, wir hätten noch viel mehr getötet.

Töten – warum ist das so wichtig?

Ja. Das kann man sich fragen. Tatsächlich ist der Unterschied zwischen Leben und Tod sehr viel kleiner, die Grenze viel dünner, als die Arglosen glauben. Wie viel Tod tragen wir nicht in uns. Schicht um Schicht von altem Tod. Den wir weggepackt haben und von dem wir hoffen, daß niemand ihn entdeckt.

*

Wie auch immer; alles schien in Ordnung zu sein. Also flogen wir ein.

Und wir landeten.

Und alles war ruhig.

Nichts als Windesrauschen und wogendes Gras, und noch nicht einmal eine Tretmine, die jemandem bei einer unvorsichtigen Bewegung das Bein abreißen könnte. Wir waren natürlich in einer Lichtung gelandet und hatten ein paar hundert Meter bis zum Dschungelrand vor uns. Es gab den einen oder anderen Vogel, Raben vielleicht oder Geier.

Aber da war etwas, was mich eine Spur vorsichtig machte. Es lag Brandgeruch in der Luft. Ein fetter, unangenehmer Brandgeruch.

Um eine lange Geschichte kurz zu machen – wir haben

nicht den ganzen Nachmittag Zeit –, haben Sie übrigens diese dämliche Statistik abgeschickt?

Drinnen im Wald lag ein vollständig niedergebranntes Dorf. Dort gab es kein Leben mehr. Männer, Frauen, Kinder waren überall verstreut, alle tot.

Und die Toten: kein schöner Anblick. Die Toten, mit tief in die Erde gekrallten Fingern, als könnte ihnen das helfen, ihre Schreie zu unterdrücken.

Von einigen der Toten war so gut wie nichts übrig. Fetzen und Körperteile über erstaunlich große Flächen verteilt. Von anderen war mehr geblieben. Aber keiner davon wirklich imstande, sein eigenes Abbild, sein eigenes Monument, seine eigene Marmorstatue zu werden.

Ach, diese Form der Rhetorik war ihnen versagt.

Natürlich war uns sofort klar, daß hier kein Kampf stattgefunden hatte. Es war ein Massenmord. Jemand war uns zuvorgekommen.

In solchen Situationen werde ich gewöhnlich sehr ruhig, ich ziehe Kälte aus den dunklen Schichten der Seele – die ja immer da ist. Ich schlich mich zu einer Stelle, von der ich glaubte, einen gewissen Überblick zu bekommen, ohne selbst gesehen zu werden. Um zu versuchen, den Fliegern mitzuteilen, wo sie die Napalmbomben plazieren sollen. Und am besten nicht auf uns.

Allerdings beging ich einen Fehler. Ich muß sichtbarer gewesen sein, als ich glaubte. Es ist eine sehr eigentümliche Situation, von einer Sekunde zur anderen seine Beine nicht mehr bewegen zu können.

Ebensowenig, wie man sich vorstellen kann, daß man selbst tot ist, kann man sich vorstellen, daß einem die normale Motorik fehlt.

*

Genug davon. Ich will Sie nicht damit langweilen. Was ich eigentlich erzählen wollte, war etwas anderes.

Sehen Sie, Spencer, wer so etwas nicht erlebt hat, weiß vielleicht, was Existenz heißt, aber er – oder meinetwegen sie – weiß trotzdem nicht, was Präsenz bedeutet. Das ist etwas ganz anderes und weitaus Stärkeres.

Jemand holte mich aus der heißen Zone heraus. Ich erinnere mich, wie ich da lag, vermutlich stundenlang, so nahe an den Einschlägen unserer eigenen Jagdbomber, daß ich die Hitzewelle in der Luft spürte, wenn das Napalm aufflammte. Ich empfand eine tiefe Genugtuung bei dem Gedanken, wie es meinen Feinden in diesem Moment erging. Beinahe konnte ich einen schwachen, aber deutlichen Geruch von verbrannten Menschen wahrnehmen, nicht ganz unähnlich dem Duft von gebratenem Schinken.

Und irgendwann kam dann ein Helikopter und holte mich aus dieser Zone heraus, oder soll ich vielleicht sagen, aus diesem Höllenkreis.

Zu diesem Zeitpunkt hatte ich tatsächlich einen solchen Morphiumrausch, daß ich fand, alles sei in Ordnung und die ganze Wirklichkeit so, wie sie sein sollte. Ich kam zu einem Verbandsplatz, wo man interessante neue Chemikalien in meinen Blutkreislauf einführte. Bald war ich wach, und bald – nein, ich schlief nicht. Ich war tot.

Als ich aufwachte, hatte die Decke sich verändert. Es war immer noch ein grünes Zeltdach, aber niedriger. Und jetzt schimmerte ein wenig Tageslicht durch das Gewebe.

Nein, es war nicht dieselbe Decke. Ich weiß nicht, ob man mir eine halbe Stunde oder vielleicht fünfzehn Stunden lang Splitter aus dem Rückgrat entfernt hatte? Das Licht hatte sich jedenfalls geändert. Ich wußte nicht einmal, ob Stunden oder Tage vergangen waren.

Später erfuhr ich, daß es fünf Tage waren, kritische Tage.

Die Granatsplitter hatten Erde in das Lungengewebe getrieben. Wäre es der Zweite Weltkrieg gewesen, ich hätte niemals überlebt.

In einer solchen wachen Pause wurde mir klar, daß uns jemand verraten haben mußte. Jemand mußte in allen Einzelheiten berichtet haben, wo wir landen wollten und wie wir das Ganze geplant hatten.

Wenn ich diesen Mann je erwische, sagte ich zu mir selbst, werde ich dafür sorgen, daß er dafür bezahlt.

Und nach einer Pause fügte er hinzu:

– Aber vielleicht weiß er etwas. Vielleicht hat Onkel Ingram ihn geschickt.

Nach einer Weile begriff ich, daß dies kein Scherz war.

Blätter aus demselben Buch

Ach, du gehörst zu denen, die glauben, daß Zeit existiert?

Die Wahrheit ist, daß ich im Begriff bin, das Gefühl für die Reihenfolge der Ereignisse hier draußen zu verlieren. Es ist, als wäre die Zeit hier nicht mehr so wichtig. Ich fühle mich ein wenig wie in Schopenhauers Welt. Wenn er sagt, »die Wirklichkeit« und »die Träume« seien Blätter aus genau demselben Buch. Nur, daß wir sie in etwas verschiedener Reihenfolge lesen.

War es nicht das, womit die Erzählung des Dekans anfing?

– Eines Morgens saß er da, ganz ohne Vorwarnung, könnte man sagen, auf einem Klappstuhl, das rechte Bein nachlässig über das linke gelegt, ein Bein, mit dem er spielerisch auf und ab wippte – als wollte er mich daran erinnern, daß ich meine nicht mehr bewegen konnte. Was mir als völlig überflüssig und niederträchtig erschien. Und sein Bein wippte in einer für die Garnisonen vor Saigon ungewöhnlich frisch gebügelten Felduniform mit medizinischen Insignien und dem Rang eines Obersten.

Er trug den Mundschutz eines Chirurgen, der bis über die Nase reichte. Was mich seltsamerweise nicht daran hinderte zu hören, vollständig klar zu hören, was dieser seltsame Doktor zu sagen hatte. Eigentlich sah ich nur eine Goldrandbrille. Vielleicht war sie beschlagen? Jedenfalls konnte ich die Augen hinter den Gläsern nicht recht erkennen. Dennoch hatte ich das deutliche Gefühl, betrachtet zu werden, ja, mit Wißbegier betrachtet zu werden.

Offenbar hatte er etwas mit mir zu tun, da er mit einer solchen Selbstverständlichkeit dasaß, als hätte er einzig und allein die Aufgabe, mich zu bewachen. War ich wirklich so bedeutungsvoll, daß ich Anlaß zu dieser geduldigen Aufmerksamkeit gab? Ich hatte den Eindruck, ich weiß nicht recht warum, er hätte schon Tage und Nächte da gesessen und mich mit derselben neugierigen Aufmerksamkeit betrachtet.

Sollte ein Chirurg in einem Feldlazarett mitten in einem anhaltenden, größeren Gefecht nicht noch andere Aufgaben haben?

– Entschuldigen Sie, Herr Oberst, sagte ich, im selben Moment erstaunt darüber, wie schwach und rostig meine Stimme geworden war, ungefähr so, als wäre sie lange nicht mehr benutzt worden. Entschuldigung, aber haben Sie die genaue Uhrzeit?

Die Stimme, die antwortete, war sehr kultiviert, schwer einzuordnen. Wo hatte ich sie schon einmal gehört? Ich wußte, daß ich sie kannte.

– Aber Onkel Ingram, sagte ich. Wie kommt es, daß du hier bist? Und warum hast du dich so komisch angezogen?

Er legte einen warnenden Finger an die Stelle unter der Chirurgenmaske, wo sich der Mund befinden mußte. Offenbar wollte er auf diese Sache nicht weiter eingehen. Aber es war tatsächlich Onkel Ingram.

Eher ein Tenor als ein Baß, ein Tenor, der vielleicht alle Möglichkeiten des menschlichen Registers besaß, der vielleicht mit Leichtigkeit in den tiefsten Baß übergehen konnte, ja noch etwas tiefer als die normalen tiefen Lagen der menschlichen Stimme. Ich wußte, ohne daß er Gebrauch davon gemacht hätte, daß er sie genauso leicht in einen Koloratursopran hätte verwandeln können. Woher wußte ich das?

Das war keine Stimme. Es war etwas anderes. Und dieses andere konnte man als Stimme auffassen.

– Ach, sagte diese nasale, hochkultivierte Nicht-Stimme: *Ach, du gehörst zu denen, die glauben, daß Zeit existiert?*

– Eigentlich nicht. Bestimmt nicht, sagte ich. Das heißt, ganz sicher bin ich nicht. Tut sie das? Welche Zeit?

Und es ärgerte mich, daß ich wahrscheinlich klang wie ein nervöser Student im Examen. Der aus purer Verzweiflung angefangen hatte, die Antworten auf eine wichtige Examensfrage zu erraten.

Als hätte er meinen Gedanken erraten, sagte er väterlich, ein wenig in der Art eines Kompaniechefs:

– Natürlich bin ich dein Onkel Ingram Chapman. Der gekommen ist, um nach dir zu sehen, mein Junge. Aber es ist auch völlig in Ordnung, mich Doktor Bob zu nennen. Das tun alle meine anderen Patienten. Siehst du, die Sache mit der Zeit kann man nie ganz sicher wissen. Vielleicht gibt es nicht soviel davor und danach, wie du glaubst.

– Was gibt es dann?

– Schaum.

– Schaum?

– Zeitschaum. Im übrigen, das kann ich dir versichern, ist alles nur eine entsetzliche Unordnung. Wenn du wüßtest, welche entsetzliche Unordnung eigentlich in der Welt herrscht, würde dir schwindeln, sagte er in einem beinahe verlegenen Tonfall.

– Gib mir nicht die Schuld, fügte er rasch hinzu. Nicht ich habe das alles verursacht. Der eigentliche Urheber wußte, was er tat. Darauf kannst du dich verlassen. Er hat sorgfältig darauf geachtet, daß niemand ihm auf die Spur kommen konnte.

Ich erinnere mich, wie glücklich der alte Loewenhoek

war, als er das Mikroskop erfunden hatte. Er sah – natürlich –, wie sich eine neue Welt öffnete. Unter der Oberfläche der Dinge gibt es mehr zu sehen, nicht wahr? Wie sicher sie alle waren, daß sie um so mehr sehen würden, je stärker sie vergrößerten. *Und wie sie vergrößerten.* Vergrößerung ist etwas ziemlich Kostspieliges, und die Kosten steigen blitzartig, wenn man versucht, von einer Ebene auf die andere zu gelangen. Wie viel teurer ist nicht eine Elektronenmikroskopie als die optische Vergrößerung!

Und noch teurer wurde es, immer teurer mit linearen Beschleunigern und ich weiß nicht, wie sie es noch nennen.

Und was geschah?

Sie entdeckten, daß die Welt nicht eben ist. Sie ist körnig. Wenn man das Zeitungsfoto vergrößert, findet man das Raster.

Wenn du die Welt vergrößerst, findest du genau das. Ein Raster!

Zeit und Raum! Gewiß. Aber stell dir vor, wenn es nur kleine Blasen von Wahrscheinlichkeit sind, Wahrscheinlichkeitsschaum! Stell dir vor, wenn diese materielle Welt, auf die ihr so stolz seid, nur ein Mißverständnis wäre.

Und statt dessen ist da etwas anderes.

Eine *geistige* Welt? Vielleicht. Aber welche Geister könnten sich in der Flasche verstecken?

Sieh mal an, jetzt hast du es gesehen, glaube ich? Du bist schnell.

Daß der Stuhl, auf dem ich sitze, einen Schatten auf das Zelttuch wirft. Aber ich selbst habe keinen Schatten.

Ist das so merkwürdig?

Natürliche Zahlen haben auch keine Schatten.

Nein. Du mußt nicht sprechen, wenn es weh tut. Ich kann dir trotzdem folgen.

Nein. Ich bin kein gewöhnlicher Doktor. Ich bin nicht einmal sicher, ob ich ein Doktor bin.

Du möchtest also wissen, was ich mit den natürlichen Zahlen gemeinsam habe? Oder vielleicht mit unnatürlichen Zahlen, wie der Wurzel aus minus eins?

Und in einem müden Tonfall, wie bei einem, der dieselbe Sache so viele Male hat wiederholen müssen, daß er es nicht so recht ein weiteres Mal schafft, fuhr er fort:

– Wenn du mich unangenehm oder vielleicht sogar erschreckend findest, sollst du wissen, daß ich bin und daß ich nicht bin. Ich bin eine Halluzination. Ich existiere nur in deinem Gehirn, und genaugenommen kann ich nur dasein, weil du mich machst. Ich bin tatsächlich nichts als Morphium. Unmengen von intravenösem Morphium, das in deinem Nervensystem herumraschelt, dich an den Beinen kitzelt und die seltsamsten Phantome hervorbringt – ja, ich meine wirkliche Phantome, also solche, die sich zeigen. So eins bin ich. Ich bin der Knabe Morpheus, verstehst du?

Aber wenn es dir lieber ist, daß ich dein alter Onkel Ingram bin, den man aus der Klinik entlassen hat, dann bitte sehr.

Also, ich bin derjenige, der gar nicht ist.

Die Wurzel aus minus eins. Der Quantenschaum, der gegen den Strand der Welt schwappt, das große Nichts, in dem die Partikel nur ein bißchen vor und zurück schaukeln. Ohne daß Zeit daraus wird. Das zu vollbringen, sind sie zu träge.

Warum, meinst du, bin ich hier? Warum dieses persönliche Interesse für einen Hauptmann, der nicht starb? Glaubst du, ich wäre darauf aus, etwas zu holen? Deine unsterbliche Seele vielleicht? Woher weißt du, daß sie unsterblich ist?

Und wenn sie es nun wäre, was meinst du, würde ich damit anfangen? Man muß doch nicht immer geschäftlich unterwegs sein?

Du hast dich möglicherweise nie gefragt, warum Mephisto sich für eine so offensichtlich seichte und belanglose Seele interessiert wie die von Faust? Ist so ein verdrießlicher kleiner Libertin wirklich zu etwas zu gebrauchen? Und wo sollte Mephisto ihn hintun? In eine Flasche? Als Meeresleuchten vielleicht, um nachts die Kajüte zu erhellen, wenn man nach dem Löffel und der Flasche mit der Hustenmedizin sucht?

Okay!

Laß uns sagen, daß ich nicht existiere. Du hast intravenöses Morphium in dir, Unmengen von angenehmem, leicht sprudelndem Morphium, das ein wenig in deinen Armen und Händen kitzeln wird. Ich glaube, du verstehst nicht richtig, wie viel Seltsames gerade in deinen Synapsen sprudelt und prickelt. Es ist ja klar, daß es in dieser Situation leicht zu einer solchen Halluzination kommen kann. Ich frage mich, ob du eine Ahnung davon hast, wie viele Granatsplitter und Sprengstoffragmente die anderen Doktoren schon aus deinem Rücken geholt haben. Wüßtest du es, würdest du dich nicht darüber wundern, daß du Morphium brauchst.

Das ist ein feiner Zustand, nicht wahr? Man liegt und plätschert gleichsam im lauen Strandwasser der eigenen Existenz, ganz dicht an Land, und man hat nur die Nase über der Oberfläche. Und möglicherweise ein halboffenes Auge, das den Schatten folgt, die über das Zelttuch gleiten, wenn jemand da draußen vorbeigeht oder rennt. Es ist also wohl nicht verwunderlich, wenn du halluzinierst. Und zwar so hochgradig, daß du glaubst, es gäbe mich.

Du halluzinierst, also gibt es mich nicht. Interessant, nicht wahr?

Jetzt hören wir mit diesem Geseire auf. Wie du siehst, existiere ich nicht. Ich habe keinen Schatten, und es ist also keine wirklich interessante oder wichtige Frage, ob ich existiere oder nicht.

Erzähl mir jetzt, was du von diesem Krieg gehalten hast.

Er sei zu Ende? Was dich betrifft.

Das glaube ich nicht. Jedenfalls nicht, was dich betrifft. Für dich wird er immer dasein. Du willst mir also sagen, du wärst über das, was du gesehen hast, moralisch entrüstet gewesen.

Du wurdest gezwungen? Nein, das halte ich tatsächlich für ein Mißverständnis. Niemand zwingt jemals einen andern, etwas zu tun. Der Axtmörder ist nicht gezwungen, der alten Dame, in deren Wohnung er bei einem Einbruch überrascht wurde, die Axt in den Kopf zu rammen. Diese Schurken, die ein junges Mädchen entführen, das an einem friedlichen Sonntagnachmittag gerade sein Auto wäscht, es auf ein verlassenes Feld weit östlich der Stadt entführen, wo sie es nicht nur vergewaltigen, sondern auch mit ihren Zigaretten verbrennen. Und es anschließend erwürgen. Sie sind nicht gezwungen. Und der Mann in Huntsville, der das Ventil öffnet und das Gift in ihre Adern einströmen läßt, nachdem sie zum Tode verurteilt wurden. Er ist auch nicht gezwungen. Niemand ist gezwungen, irgend etwas zu tun. Ich glaube, es wäre gut, wenn du dir das ein für allemal klarmachtest.

Du hättest nach Stockholm desertieren können, wenn du nicht hierher wolltest. Oder auch nach Kanada. Wenn du hier bist, dann deshalb, weil du es wolltest.

Das ist das Interessante am Leben, daß alle es so bekommen, wie sie es haben wollen. Früher oder später bekommen sie genau das, was sie haben wollen. Aber das setzt natürlich voraus, daß sie etwas wollen.

Was habe ich gehört? Von wegen absurd? Er sei absurd gewesen. Was ist das Absurde? Das, was du nicht begründen kannst, vermute ich? Aber stell dir vor, wenn sich eigentlich nichts begründen läßt? ... Absurdität! ABSURDITÄT? Warum sollte diese Sache mit Sisyphus absurd sein? Daß er seinen Stein den Abhang hinaufrollt, und daß er wieder hinabrollt. Ich kann mir nichts Dümmeres vorstellen, als daß das absurd sein sollte.

Nimm einen Rasen in Cambridge. Nimm beispielsweise den beim King's College. Seit vierhundert Jahren haben die Gärtner ihn umgegraben, begossen, ihn gemäht und verschiedene nützliche Nährstoffe auf dieses Gras geschüttet. Würde man dies ein einziges Frühjahr unterlassen, begänne der Verfall, und nach etwa drei Jahren würde er aussehen wie jede beliebige nahrungsreiche wilde Wiese. Ist es absurd, daß man ihn am Leben hält? Ist es nicht vielmehr sinnvoll? Ist es nicht genau das, was die Menschen mit einer »sinnvollen Tätigkeit« meinen?

Du willst mir also weismachen, du hättest den Krieg nicht gemocht! Es hätte nicht Momente gegeben, in denen du ihn genossen hast? Wie war es mit diesen Vorfällen im Zusammenhang mit deiner Erkundung bei Khe San? Die, zu der du und deine Kameraden sich noch immer nicht gern bekennen? Genau die.

Warst du dort nicht für ein paar Minuten vollständig glücklich? Erfüllt von dem Glück, das nur die unbegrenzte Zerstörungslust mit sich bringt?

Jetzt reden wir nicht mehr davon.

Wie du siehst, kenne ich dich gut. Dafür, daß ich einer bin, den es nicht gibt.

Was ich will? Das möchtest du gern wissen. Ich bin nicht ganz sicher, ob ich etwas will. Ich bin das Nichts, verstehst du. Ich bin ein Vakuum, der leere Raum, in den die Luft hineinrast, wenn die Glühlampe zerbricht, das leere All zwischen den Galaxien.

Ach so. Du denkst, du würdest mich nicht sehen, wenn ich nichts wäre?

Aber sei dir da nur nicht zu sicher.

Eines sollte man bedenken. Das Vakuum hat Eigenschaften.

*

An drei aufeinanderfolgenden Tagen kam dieser schattenlose Arzt wieder, stets mit Onkel Ingrams Gesicht und in seiner Gestalt, immer zur Mittagszeit, wenn die Sonne am höchsten stand. Und der Stuhl einen Schatten warf.

Ich lag da mit meinen intravenösen Schläuchen und konnte mich kaum bewegen. Es hatte etwas Verlockendes, mit jemandem sprechen zu können, ohne die Anstrengung, die Stimme zu benutzen.

Doktor Bob sagte noch viele andere Dinge, darunter einiges von solcher Art, daß ich es nie wagen würde, sie irgendeinem Menschen gegenüber zu wiederholen. Er erklärte mir vieles, was sonst unbegreiflich geblieben wäre, und machte einige Dinge unbegreiflich, die ich zuvor als natürlich betrachtet hatte.

Am vierten Tag blieb er aus.

Ich fragte die Krankenschwestern und die Bataillonsärzte nach Doktor Bob. Sie hörten sich meine Beschreibungen aufmerksam an, aber keiner kannte einen solchen Arzt.

Als der Dekan beschloß, sich ernstlich mit dem Verwaltungsdirektor Palmer zu befassen, dämmerte mir zum erstenmal etwas von den, ich zögere mittlerweile nicht zu sagen, dämonischen Kräften, die er entwickeln konnte. Wenn er wollte. Wann immer er wollte. Und scheinbar ohne wirkliche Anstrengung. Es war so: Der Dekan mochte den Hochsommer nicht; er machte ihn gereizt.

Der Sommer war über uns. Die Tage vibrierten von weißglühender Hitze. Eine Zeit für Herzattacken und Migräneanfälle, die eigentlich nur für sehr junge Menschen erträglich ist. Sie können eine eiskalte Dusche nehmen und auf kühlen Laken miteinander schlafen, während der Deckenventilator mit höchster Geschwindigkeit läuft.

Wir anderen hatten es nicht ganz so leicht. In den Nächten wälzte man sich in schweißfeuchten Laken, wenn man es nicht vorzog, die Klimaanlage auf eine Stufe zu stellen, die das Schlafzimmer in einen Kühlschrank verwandelt, durchweht von einem Eiswind aus einem der kalten Höllenkreise. In meiner damaligen Wohnung wurde es übrigens mit dem uralten, lästigen, lauten Apparat, der diese Angelegenheit regeln sollte, nie richtig kühl.

Die Wegränder, eben noch so farbenfroh und freundlich, mit allen Blumen des März und April, sind plötzlich braun von toter Vegetation. Der Jüngling Adonis ist tot, wie ein Kenner alter Mythologien sagen würde. Und er wird für lange Zeit nicht mehr auferstehen. Die Motorhauben der geparkten Autos sind glühend heiß, und wer wirklich Lust auf etwas so Absurdes hätte, könnte seine Frühstückseier leicht darauf braten.

Der Dekan mochte – wie gesagt – den Hochsommer nicht. An manchen dieser Tage hatte er einen Hang, mit dem Rollstuhl nervös vor und zurück zu fahren, nicht unähnlich einem gereizten Eisbären im Zoo. Und ohne größere Rücksichtnahme auf die Umgebung. Dokumentenstapel und kleine Tische, die ihm in den Weg kamen und umfielen, schien er überhaupt nicht zu beachten.

An einem solchen Tag ist es, oder war es, als erwache der gesamte Vietnamkrieg in seinem Körper. Seine alten Verletzungen von Da Nang und Wey scheinen sich mit doppelter Stärke bemerkbar zu machen, die Nervenschmerzen durchziehen ihn und verwandeln sich fast unmittelbar in nervöse, ja nicht selten aggressive Energien. Er läßt sich Akten und Vorgänge kommen, die alle schon für abgeschlossen hielten, alte Rätsel und Kränkungen werden wie neu. Sein gewöhnlich sehr konzilianter Ton gegenüber Sekretärinnen und Präfekten, die das Pech haben, ihn an solchen Tagen etwas fragen zu müssen, wird scharf und barsch.

– Aber Sie haben meine Frage nicht beantwortet!

oder:

– Sie sind nicht ernsthaft an diesem Problem interessiert.

sind typische Dinge, die er an solchen Tagen sagen konnte. Er und das gesamte Büro mit ihm, Assistenten und Sekretärinnen, vibrierten von dumpfen und durch und durch ungesunden Energien.

Und im Zentrum dieser sonderbar magnetischen Unwetter der Dekan selbst in seinem Rollstuhl, wie immer tadellos in einem hellgrauen Sommeranzug, die sehr wachen blauen Augen eigentümlich kühl und scheinbar auf einen Punkt hinter dem Menschen gerichtet, mit dem er gerade spricht.

Ich weiß nicht, wie ich es beschreiben soll, aber das Ganze hatte etwas Seltsames, vielleicht Außermenschliches an sich.

*

Viele Jahre lang hatte die Universität denselben Verwaltungsdirektor, den alten Professor Sigbardt Posner, oft Sigge genannt. Posner war ein Ehrenmann, bekannt für seine lustigen Anekdoten und seine Fähigkeit, mit jedermann vernünftig und freundlich zu reden. Er war verläßlich unwirsch und schwierig, wenn es galt, Mittel bewilligt zu bekommen, aber er hörte auf sachliche Begründungen. Vor allem war er ein Kindheitsfreund des Dekans. Meines Dekans. Tatsächlich telefonierten sie mitunter eine halbe Stunde lang, und ich hatte den Eindruck, daß es weniger um akademische Geschäfte ging als eher um sehr persönliche und amüsante alte Erinnerungen.

Posner, Nachfahre der fleißigen und zähen Deutschen, die es seit 1848 in Texas gibt, manchmal noch länger, ein Mann aus demselben harten Holz wie Admiral Niemitz und genau wie er aus Fredericksburg, war ursprünglich Professor für Betriebswirtschaft. Er galt als ein verteufelt geschickter Planer und Etatverwalter und wäre wohl Verwaltungsdirektor geworden, oder mit anderen Worten der Finanzchef der Universität, durch seine ausgezeichneten Beziehungen zum Wirtschaftsleben und den großen demokratischen oder republikanischen Sponsoren, die im Vorstand saßen. Er hatte gleichzeitig mit dem Dekan in Cambridge studiert, und es war offenkundig, daß es ziemlich viel gab, was sie auch aus dieser Zeit vereinte. Möglicherweise auch etwas anderes, eine Art von grundsätzlicher Überzeugung, daß die Welt nicht auf entscheidende Weise dazu zu bringen ist, ein besserer Ort zu werden als sie ist, daß man aber möglicherweise die gröbsten Formen von Verfall verhindern kann. Der eine oder andere hätte die beiden Herren sicher äußerst konservativ genannt.

In die inneren Kämpfe der verschiedenen Fakultäten mischte er sich selten ein. Ihm war es lieber, wenn ihre Streitigkeiten beigelegt waren, bevor sie zu ihm kamen. Der Dekan achtete sehr genau darauf, daß sie geklärt waren, ehe er Posner einen Etat schickte.

Beide hatten das sichere Gefühl des erfahrenen Universitätsmannes dafür, was Bluffprojekte und Luftschlösser und Versuche waren, Taugenichtsen aufgrund ihrer Beziehungen zur Verwaltung eine Anstellung zu verschaffen – und was echt war. Verschiedene Vorstände, hauptsächlich mit Geschäftsleuten besetzt, die entsprechend großzügig an verschiedene politische Parteien gespendet hatten, kamen und gingen, und ihre Universitätsrektoren mit ihnen. Aber Sigge blieb und hielt den Betrieb in Ordnung. Reine Versorgungsprojekte hatten es schwer, durch dieses Nadelöhr zu schlüpfen. Man konnte den Dekan und den Verwaltungsdirektor höhnisch zusammen lachen hören, wenn es ihnen gelungen war, eine solche Blase platzen zu lassen. Institute für multikulturelle Forschung, oder Programme für Sensitivitätstraining und was es sonst noch gab, hatten keine Chance, solange Sigge da war.

Alles lief wie geschmiert.

Bis dieser vortreffliche Verwaltungsdirektor am Ende des vergangenen Jahres bekanntgab, er sei zu alt geworden.

Und daran mochte etwas Wahres sein. Er soll im letzten Semester völlig die Fähigkeit verloren haben, Zahlen im Kopf zu behalten.

*

Dann kam also, Gott weiß woher, oder möglicherweise weiß es nicht einmal Gott, dieser Richard Palmer. Ein blonder oder auch nur blondierter – tüchtiger, darf man vermuten – Herr von der Harvard Business School. Er konnte nicht kommunizieren. Er war völlig unfähig, einen Brief auf normale Art zu beantworten. Aber sich einmischen, das konnte er. Durchtrieben und korrekt und mit einer unglaublichen Fähigkeit, sich in alles einzumischen, in was er sich überhaupt einmischen konnte. Der Dekan muß genauso überrascht gewesen sein wie wir anderen, als er auftauchte, scheinbar aus dem Nichts geholt. Ich weiß nicht recht, woher er kam, aber bald genug war es gang und gäbe, ihn Der Korrekte zu nennen. Das war sein Spitzname, teils weil er so gut zu seinem Aussehen paßte, aber auch deshalb, weil er von der Harvard Business School kam. Und sich offenbar in den Kopf gesetzt hatte, die University of Texas sei wie eine Telefongesellschaft zu betreiben.

Was tat er? Er mischte sich ein. Normalerweise mischen sich Verwaltungsdirektoren nicht in streng akademische Fragen. Beispielsweise, wo die Institute nach neuen Professoren suchen sollen und wo sie den Teufel tun sollen, ihre Fühler auszustrecken. Oder wie die Kursbeschreibungen auszusehen haben.

Wenn er sich lediglich eingemischt hätte, aber dieser Einmischung fehlte auch jede Konsequenz. Das konnte zu einer Reihe von Problemen führen: Menschen, denen praktisch eine Anstellung versprochen worden war, bekamen keine, und ausgeschriebene Kurse mußten eingestellt werden.

Die traditionellen Kriege zwischen den Instituten, Ökonomie gegen Soziologie, Englisch gegen Romanische Sprachen, Philosophie gegen Psychologie, begannen nach einigen Monaten mit Dem Korrekten abzuflauen. Weil alle mehr und mehr im Verwaltungsdirektor einen gemeinsamen Feind sahen.

Der Dekan, Professor Chapman, hatte ein Lieblingsprojekt. Er wollte, daß sich die Universität zuerst ein Programm und mit der Zeit vielleicht sogar ein Institut für Wissenschaftsgeschichte zulegen sollte. Eine Reihe von vornehmen Instituten im Norden, Harvard, MIT und Yale, hatten es natürlich – warum sollten wir es nicht haben?

Er führte eine ganze Reihe von Argumenten dafür an, die ich vielleicht ein andermal wiedergebe, und mehrere davon waren ziemlich klug, andere einigermaßen exzentrisch. Zum Beispiel, daß Wissenschaftsgeschichte ein sehr gutes Korrektiv für den schlechten Einfluß sein konnte, den nach seiner Überzeugung die feministische Wissenschaft und andere egalitäre Marotten an einer eigentlich guten Universität ausüben konnten.

Für seine Wissenschaftsgeschichte hatte er bereits einen Favoriten an der Philosophischen Fakultät, den er mehr oder weniger dazu auserkoren hatte, Chef des neuen Programms zu werden, und das Ganze war offenbar unterderhand bereits beim allmächtigen Vorstand verankert. Überhaupt war es immer eigentümlich zu sehen, mit welch scheinbarer Leichtigkeit er den Vorstand für seine verschiedenen Projekte gewinnen konnte. Es schien ohne Anstrengung zu gehen. Als könnte er hinter diesen republikanischen und demokratischen Politikern und ihren Sponsoren an unsichtbaren Fäden ziehen und sie plötzlich zu Marionetten machen.

– Dem Entschlossenen ist nichts unmöglich, sagte er gern.

Aber jetzt wurde es plötzlich schwieriger.

– Stalin wird oft als so etwas wie eine Entartung des Sozialismus dargestellt, sagte der Dekan eines Morgens ganz unvermittelt. Eine gute oder jedenfalls gut gemeinte Idee, die gescheitert ist, katastrophal gescheitert. Weniger oft hört man dagegen, daß Hitler als eine Entartung dargestellt wird, als eine Fehlentwicklung des Nationalsozialismus. Ist das nicht sonderbar?

Es war an einem Morgen im frühen März, als der Rasen draußen noch frisch und grün war. Ich begriff, daß dies die Einleitung zu einer der etwas längeren Vorlesungen des Dekans war.

– Stalin ist natürlich der vollendete Sozialist. Er ist derjenige, der eine lange historische Tradition auf die Spitze treibt. Wenn Menschen verpflichtet sind, die Ergebnisse ihrer Arbeit denen zu überlassen, die sie besser gebrauchen können, das heißt in der Praxis denen, die die Kontrolle über den Staat übernommen haben, warum sollte die Besteuerung dann auf sechzig, siebzig, achtzig Prozent begrenzt sein? Schließlich ist es doch ihr Leben, auf das sie verzichten sollen? Warum nicht alles von ihnen verlangen, buchstäblich alles? Das hat Stalin mit der russischen Bauernklasse gemacht. Er verwandelte sie in Sklaven und ließ sie den Weißmeer-Kanal mit ihren bloßen Händen bauen. Heute sind sie entlang des Kanals begraben. Alle Macht strebt nach Totalität, begreifen Sie das nicht, Spencer? Der Stalinismus in Rußland ist der Höhepunkt einer sehr langen Entwicklung in der Geschichte des Abendlandes. Wer das nicht verstanden hat, hat eigentlich nichts verstanden.

Die Leute, die heute etwas von dir verlangen, die wollen, daß du dich aufopferst, dich schuldig fühlst, das Gefühl hast, die anderen hätten ein größeres Anrecht auf dich als du selbst. Ja, das sind nur Stümper. Es endet immer im Sklavenlager. Vergiß das nicht.

Mit einem gewissen Erstaunen entdeckte ich, daß er tatsächlich das Condillac-Buch gelesen hatte. Hin und wieder kam er darauf zurück. Zumindest an einer meiner Fußnoten hatte er etwas auszusetzen, einer, die eine Behauptung darüber enthielt, wie Epikur das menschliche Auge erklärt. Ich fragte ihn nach seiner eigenen Universitätszeit, und er fing an zu erzählen. Er kam Ende der fünfziger Jahre nach Cambridge.

– Die Straßen dufteten nach fish and chips, und in den dunklen Pubs mit den kleinen Fenstern aus gefärbtem Glas saßen Studenten mit schwarzen Mänteln über den Schultern und diskutierten über etwas, was offenbar der kalte Krieg war, aber in einer vollständig unwirklichen und munteren Stimmung. Die ganze Stadt hatte etwas Unwirkliches an sich. Man wäre gern ein Vogel gewesen, der zwischen diesen verträumten Kirchtürmen fliegen und aus einer schwindelerregenden Perspektive in die Tiefen der Straßen hinabsehen könnte.

Damals beschäftigte ich mich mit Platon. Eigentlich vor allem aus Antipathie. Ich habe die Philosophen nie so recht verstanden, die sagen, es müsse Unveränderliches geben, eine ewige Welt der Formen über oder hinter der gewöhnlichen veränderbaren Welt. Warum denn? Warum sollte es etwas Unveränderliches geben? Ist es nicht nur eine Oberklasse, die sich einbildet, sie werde für immer unabsetzbar sein?

*

– Man ärgert sich, sagte der Dekan und las aus einem Brief vor, der anscheinend mit der Morgenpost gekommen war, man ärgert sich darüber, daß wir in unseren biologischen und geisteswissenschaftlichen Kursen nicht die Alternativen zum Darwinismus behandeln.

Vermutlich gibt es unter all den baptistischen Geschäftsleuten in unserem Vorstand eine Menge Sympathie für diese Idee. Und die linken Professoren verachten sie ungeheuer.

Natürlich ist es ziemlich dumm, wenn reiche alte Baptisten *thinktanks* gründen, die uns davon überzeugen sollen, daß die Welt etwas über fünftausend Jahre alt ist, aber mehr nicht.

Wer fällt auf etwas so Dummes herein? Es besteht kein Zweifel daran, daß die ersten Menschen vor zehntausend Jahren in Amerika auftauchten. Wo hat Gott sie in der Zwischenzeit verwahrt? In einer Spielzeugkiste etwa?

So etwas muß man ja nicht ernst nehmen. Aber diese etwas anspruchsvolleren Institute, eins davon beschwert sich in diesem Brief, bestehen ja darauf, daß die Welt mit Absicht erschaffen sei und unterwegs zu einem Ziel, und wenn sich das Elend noch hundert Millionen Jahre lang fortsetzt. Die Welt gravitiert zu einem endgültigen Zustand von Seligkeit und Harmonie. Jawohl.

Ich kann mir kaum eine brutalere, eine fürchterlichere Methode vorstellen, endgültige Harmonie und Glück zu erlangen als die natürliche Zuchtwahl. Sie wollen den Kuchen behalten und ihn gleichzeitig essen. Sie wollen eine natürliche Zuchtwahl, und sie wollen eine zielbewußte Welt.

Das Problem ist, wie Sie verstehen, daß man wirklich nicht beides zugleich haben kann. Darwins Idee gründet sich ja darauf, daß die Natur absichtslos ist. Entweder leben wir in einer sinnlosen Welt, das ist die Idee von Darwin, oder in einer Welt, die einen fernen Willen widerspiegelt.

Und das wäre in diesem Fall ein fürchterlicher Wille.

Ich meine also, daß diese Institute, die mehr Gleichgewicht in biologischen und anderen Universitätsprogrammen wünschen, ganz recht haben.

Die Frage ist wesentlich, und es ist pure Feigheit, daß sie nicht öfter und öffentlich diskutiert wird. Wie gesagt: Leben wir in einer sinnlosen Welt oder in einer sinnvollen? Wenn es zufällig eine sinnvolle Welt wäre, wie furchtbar wäre sie dann?

⋆

Völlig überraschend ging dasselbe Räsonnement am Nachmittag des folgenden Tages weiter. Er schaute in meinem Zimmer vorbei – ich war dankbar, daß ich keinen Besuch hatte –, kam fast hereingerast.

– Eins habe ich vergessen zu erwähnen. Es gibt Leute, die sich das Universum als gigantische Maschine vorstellen wollen, dafür eingerichtet, Leben und Intelligenz zu erschaffen, eine Art wohlwollender Uterus, der großartige Resultate erzielen kann, wenn ihm nur genügend Zeit gegeben wird.

Was für eine grandiose Dummheit! Wer die mindeste Ahnung von kosmophysikalischen Verhältnissen hat, weiß, daß es genau umgekehrt ist. Dieses Universum ist eine nahezu, aber nicht vollständig perfekte Maschine, um die Entfaltung von Leben und Intelligenz zu verhindern. Die meisten Galaxien befinden sich in so instabilen Verhältnissen, daß jeder Ansatz von Leben sehr schnell durch mächtige Scheiterhaufen von Gammastrahlen und Röntgenstrahlen ausgelöscht werden würde, Gravitationswellen zerfetzen Planetensysteme, als wären sie brüchige Tapetenmuster. Im Nu kollidieren Galaxien, trocknen Weltmeere aus.

Was Sie, Spencer, begreifen müssen, ist, daß dieses Universum eine Todesmaschine ist!

Ich habe nie verstanden, warum er es so wichtig fand, daß ich – ausgerechnet ich – an dieser Weisheit teilhaben sollte.

Irgendwie hatte er einen Narren an mir gefressen. Und ich wußte nicht genau, sollte ich mich geschmeichelt oder erschreckt fühlen.

*

– Ein episkopaler Bischof in Connecticut wird mit Absetzung bedroht, steht in der Zeitung, weil er öffentlich erklärt hat, daß er an Gottes Allmacht zweifelt. Es ist klar, sagte der Dekan, daß ein Bischof abgesetzt werden muß, wenn er nicht klug genug ist, aus freien Stücken abzugehen, wenn er an Gottes Allmacht zweifelt. Ein Privatmann hingegen sollte natürlich zweifeln können, woran er will. Zum Beispiel an Gottes Allmacht.

Tatsächlich ist es intelligent, an Gottes Allmacht zu zweifeln. Und ziemlich einfältig, an etwas anderes zu glauben. Wenn der Gott, der die darwinistische Zuchtwahl erfand, um in diesem Universum Bewußtsein und Intelligenz zu entwickeln, wirklich allmächtig wäre, würde natürlich alles, was in dieser Welt geschähe, schmerzhaft und böse sein.

Die Tatsache, daß man manchmal einen Menschen aus freien Stücken eine gute, selbstlose Handlung vollbringen sieht, die Tatsache, daß man manchmal auf einen Gedanken stößt, der vollständig frei und originell erscheint, ist natürlich ein starkes Argument für Gottes Allmacht. Alles deutet ja darauf hin, daß Gott, wer immer das nun ist, ungern das Gute in die Welt eintreten sieht und alles ihm zu Gebote Stehende tut, um es zu verhindern. Wenn es anders herum wäre und Gott das Gute wollte, hätte das Gute längst alles erobert, was es gibt, alles, was sich ereignet und geschieht. Dies ist eine der oft vernachlässigten Konsequenzen des Theodizeeproblems.

Und im übrigen, fügte er hinzu, mit erkennbarer Freude in der Stimme, im übrigen habe ich nie begriffen, warum es ein Problem sein sollte.

Das Theodizeeproblem ist nur ein Problem, wenn wir uns einreden, daß etwas uns zwingt, Gott zu verteidigen. Aber warum sollte es so sein? Sind wir nicht die Opfer? Die unschuldigen Opfer dieser eigentümlichen Manie, andere Geschöpfe zum Existieren zu zwingen, ohne sie zu fragen, ob sie darum gebeten haben oder nicht. Unsere natürliche Rolle ist nicht die der Anwälte Gottes, sondern seiner Ankläger.

Was sagen Sie dazu?

Es war nicht ganz leicht, auf solche Fragen zu antworten.

Aber was hatte das nun mit der Zeit des Dekans in Cambridge zu tun?

Das habe ich nie erfahren.

*

Und dann, in diesem Sommer, kommt plötzlich der Verwaltungsdirektor an und legt ihm einen Stein in den Weg. Ich bin nicht ganz sicher, wie es zuging. Vermutlich hatte Palmer ziemlich lange an seinem Hindernis gearbeitet, mit Potentaten telefoniert, diese kleinen beschriebenen Zettel außerhalb des Protokolls herausgeschmuggelt, die an einer Universität so wichtige Bestandteile des internen Umgangs sind. Der Dekan mußte plötzlich etwas erleben, woran er nicht gewöhnt war: unversehens vor vollendeten Tatsachen zu stehen.

Er entdeckte es an einem dieser wirklich heißen Nachmittage kurz vor dem Gewitter, und seine Miene verhieß nichts Gutes. Palmer hatte ganz einfach den Teufel getan, den Dekan zu informieren.

Möglicherweise hätte jemand Richard Palmer, diesen korrekten und tüchtigen Schnösel, darüber aufklären sollen, mit wem er es zu tun hatte. Aber das hätte natürlich dem einen oder anderen den Spaß verdorben. Der Dekan hatte dem Verwaltungsdirektor ein paarmal in höflichen Formen klargemacht, daß er nicht daran dächte, sich damit abzufinden, dieses Projekt ganz einfach aus dem Haushaltsentwurf gestrichen zu bekommen.

Wir glaubten, das würde genügen. Doch das Unerhörte geschah, daß Professor Paul Chapman von diesem neuen Herrn einfach übergangen wurde. Er trat keine Spur aggressiv auf. Er trat so auf, als spiele der Dekan der Liberal Arts keine Rolle. In den Augen dieses Herrn, schien es, war er eine Nicht-Entität, ein Überbleibsel aus einer früheren Periode, ein älterer Dekan, der sich in Etatfragen nach den Beschlüssen des Verwaltungsdirektors zu richten hatte. Und der überdies im Rollstuhl saß.

Kurz gesagt: Richard Palmer war der Meinung, er habe schon entschieden erklärt, wie es sein sollte, und war viel zu dumm, um die deutlichen Warnsignale von Leuten in seinem Umkreis wahrzunehmen. Es gab ja im Main Building eine Anzahl von Menschen mit Erfahrung, die wußten, daß Versuche, sich mit Chapman anzulegen, meistens verteufelt fehlschlugen.

Es herrschte kein Mangel an Geschichten. Über Personen, die eigentümliche, plötzlich auftretende Nervenzusammenbrüche erlitten und nach kräftigen Spritzen mit

Beruhigungsmittel in die nächste Nervenklinik eingeliefert wurden, Personen, die hartnäckig behaupteten, der Dekan habe sich mitten in der Nacht in Gestalt eines riesigen schwarzen Wolfes in ihrem Schlafzimmer gezeigt. Ganz zu schweigen von den Herzinfarkten. In unserer Kultur ist es ja nicht ungewöhnlich, daß überarbeitete Personen zwischen dreißig und vierzig eines Tages einfach zusammenbrechen. Ohne irgendwelche organischen Defekte. Burn-out-Syndrom ist, wie ich glaube, die Bezeichnung dafür.

Die Fälle, sagt eine Schlagzeile in *The Daily Texan*, hätten sich in letzter Zeit in bemerkenswertem Ausmaß gemehrt.

Diese Geschichten sind natürlich nichts als lokale Lügenmärchen von der Sorte, wie alle Ethnographen sie kennen; wer hätte je gehört, daß ein halbgelähmter Mann nachts herumläuft? Und noch dazu als Wolf? Wie sieht ein Wolf als Dekan aus? Das möchte ich gern wissen.

Mit dem Verwaltungsdirektor Palmer ging es nicht minder dramatisch her, aber weniger spektakulär.

*

Gerade an diesem Nachmittag, einem schwülen Nachmittag, trächtig von immer dickeren Gewitterwolken, die am Horizont aufzogen, hatte Palmer eine Notiz des Dekans zurückgeschickt, versehen mit einer Randbemerkung lapidarer Art. Es kann eine Zeile darüber gewesen sein, daß er die Angelegenheit bereits als erledigt betrachtete, oder etwas Ähnliches.

In den kalten blauen Augen des Dekans sah ich eine Entschlossenheit, die nichts wirklich Gutes verhieß.

Er bat mich, die Antwort persönlich zu überbringen, die anscheinend aus einer kurzen Notiz bestand. Er nahm es sehr genau damit, daß sie von Palmer persönlich geöffnet werden sollte, von niemand sonst. Ich führte meinen Auftrag aus, und er öffnete und las den Brief. Ohne ihn zu kommentieren. Es schien nicht so, als stünde etwas besonders Dramatisches darin. Er runzelte leicht die Stirn. Strich sich mit der Hand über sein korrekt gekämmtes Haar. Das war alles.

Auf dem Weg zurück, dem kurzen Spaziergang zwischen dem Main Building und dem West Mall Building, brach der Hagelschauer über mir los. Lebensgefährlich schwere, große Körner.

Unterwegs mußte ich in der Vorhalle des Peter Flawn Building Schutz suchen. Studenten flüchteten in Panik und versuchten, sich notdürftig mit über den Kopf gehaltenen Zeitungen und Aktenmappen zu schützen.

Das war exakt zwei Tage vor dem Tod des Verwaltungsdirektors Palmer. Wie es zuging? Tja, darüber gibt es eine Vielfalt von Meinungen.

Susan, ein Mädchen, das manchmal eigentümlich klug sein kann, hatte vielleicht die interessanteste Antwort.

– Es ist nicht sicher, sagte sie, daß alle Menschen, die sich erhängen, imstande wären zu erklären, warum sie es getan haben, falls sie die Chance dazu hätten.

Wir tun vieles, wofür wir keinen Grund nennen können.

Es dauerte nicht länger als eine Woche, bis der Vorstand eifrig auf der Suche nach einem neuen Verwaltungsdirektor war. Diesmal saß der Dekan mit im Berufungskomitee, was einigen Leute eine Spur unpassend erschien, was die meisten aber, mit denen ich sprach, als sehr beruhigend empfanden.

*

Über das, was geschehen war, kursierten verschiedene Gerüchte.

Eines davon besagte, Palmer sei in eine Polizeikontrolle geraten und hätte Waren dabei gehabt, die man nicht im Auto transportieren sollte.

Ein anderes Gerücht handelte von nackten Blondinen, die mit dem Aufzug in das Büro des Verwaltungsdirektors im Main Building gebracht worden seien.

Das glaube ich keine Sekunde. Ein typisches Sekretärinnenmärchen, wie es sich die Mädchen vor den Bildschirmen und hinter den Empfangstheken an langen langweiligen Nachmittagen ausdenken, wenn die Institute sich für einige Stunden entvölkern und es in den Korridoren trist und still wird.

Es gab auch andere Versionen. Eine handelte davon, daß Palmer einen Anfall von akuter Schizophrenie mit gewaltsamen Halluzinationen erlitten habe. Seltsame Gestalten, halb Menschen, halb Pilze, sollen ihn mitten in laufenden Sitzungen heimgesucht und dazu gebracht haben, von sorgfältig vorbereiteten Präsentationen abzugehen, um stattdessen wirres Zeug zu reden.

Vermutlich waren es die reinsten Fabeln. Jeder kann depressiv werden. Depression ist eine amerikanische Volkskrankheit, besonders in diesen Tagen.

Es schien plötzlich für alle offensichtlich, daß man die falsche Person zum Verwaltungsdirektor gewählt hatte. Von Anfang an. Viel mehr war darüber nicht zu sagen.

Sein Nachfolger war noch nicht ernannt, als ich zwei Monate später, ziemlich überstürzt, die Stadt verließ.

Zur Zeit habe ich nur aufrührerische Gedanken im Kopf, und genau das macht den Augenblick unerträglich.

Es behindert mich beim Schreiben wie beim Lesen. Ein Freund von mir, der gewöhnlich Tag und Nacht las – er ist mir aus meiner Zeit als Lehrer an der Privatschule St. Stephens in Erinnerung, wo er Latein unterrichtete und ich Französisch –, verlor plötzlich die Fähigkeit zu lesen.

Er hatte einen komplizierten Herzfehler, der wiederum eine komplizierte Operation erforderte. Solche Operationen bringen einen ja dem Tode nah – das Herz steht für eine Weile still. Und der Körper vergißt nicht. Der Körper vergißt nie etwas. Listig wie er ist, gibt er nur vor zu vergessen.

Sein Körper wollte ihn also nicht mehr als den anerkennen, der er gewesen war. Und plötzlich war niemand mehr da.

Von da an konnte er weder lesen noch schreiben.

Denn da war kein – wie es gelegentlich heißt – Subjekt.

Im übrigen glaube ich, daß ein und derselbe Körper in einer Lebenszeit viele verschiedene Ichs produzieren kann, wenn er es wirklich will. Oder gleichzeitig.

Mir kam es immer ein wenig gekünstelt, fast affektiert vor, daß man jemand Besonderer sein muß.

Aber das muß man.

*

Folgendes sagte der Dekan bei einem unserer letzten Treffen (das war, als er mit diesen merkwürdigen Angeltouren angefangen hatte, bei denen ich ihn unbedingt begleiten sollte):

– Vielleicht hat jeder Mensch letzten Endes seinen eigenen Gott, grausam oder freundlich, gleichgültig oder furchtbar, und nur für diesen einen Menschen bestimmt?

Haben Sie eines bedacht, Spencer? Bei den richtig alten Kulturvölkern, den Babyloniern und Sumerern, hat Gott stets eine Karriere hinter sich. Ein Gott zeichnet sich vor allen anderen Göttern aus. Er beginnt – als junger Held, ungefähr wie Marduk – immer damit, ein Wassermonster zu töten.

Fragen Sie mich nicht, was ein Wassermonster ist! Vielleicht sind es ganz allgemein die Chaoskräfte. Oder eine große Überschwemmung. Bei den richtig alten Kulturvölkern gibt es eine ungeheure Angst vor Wasser und davor, daß es über die Ufer treten könnte. Vielleicht ist so etwas früher öfter passiert als heute, was wissen wir von Flutwellen, vor etwa dreitausend oder vielleicht viertausend Jahren durch vorüberziehende Himmelskörper ausgelöst?

Jedenfalls, unser junger, noch heldenhafter und hoffnungsvoller Gott besiegt die Chaoskraft, das Wassermonster, die Überschwemmung oder die Flutwelle. Wenn das getan ist, läßt sich der Gott auf dem Gipfel des höchsten Berges in dieser Gegend nieder und verbringt seine restlichen Jahre – unendlich viele, wie man vermuten darf – damit, die Ordnung in der Welt von dort aus zu überwachen. Kanäle und Dämme erfüllen ihre Aufgaben, und der Gott hüllt sich in seine Regenwolken und läßt danach nicht mehr viel von sich hören.

Unser Gott, der Gott des Alten Testaments, trägt ziemlich starke Spuren derselben Tradition. Es fängt damit an, daß er die Sintflut in den Griff bekommt und die Wasser zurückweichen. Und dann läßt er sich auf dem Berg Sinai nieder, bereit, Besucher zu empfangen und seine Gesetze auszuteilen.

Ja, das sind ja nur Spuren. Aber interessante kleine Spuren. Einer Geschichte lange vor dem Beginn der richtigen Geschichte. Es ist ja offensichtlich, daß die Juden mit der Geschichte, die sie erzählen, keineswegs die ersten waren. Warum sollte übrigens ein Wüstenvolk von der Angst vor einer großen Flut besessen sein, die über die ganze Welt kommt? Wenn sie nun diese Geschichte selbst erfunden hätten. Aber das haben sie offenbar nicht. Sie waren zufällig diejenigen, die etwas Älteres weitergaben. Wir dürfen nie vergessen, wie ungeheuer kurz die geschriebene, die überblickbare Geschichte ist, verglichen mit all den Hunderttausenden von Jahren, die ihnen vorangegangen sind.

Ja, Herrgott, Vietnam! Das war auch ein Monster.

Wissen Sie, daß nach Präsident Johnsons Beschluß, Khe San unter keinen Umständen preiszugeben, die B-52er mehrere Wochen lang Tag und Nacht alle Täler im Umkreis überflogen und sie mit ihren Detonationen in eine Art von zusammenhängenden, phantastischen Teppich verwandelten? Da sind bestimmt Tausende von Viets gestorben, daran hat es nie einen Zweifel gegeben, und wir spürten die Einschläge, wie wir da in unseren Bunkern hockten.

Manchmal, stellen Sie sich vor, vibrierte der Boden morgens so stark, daß wir keinen Löffel brauchten, um das Kaffeepulver mit dem Wasser zu vermischen!

Ich erinnere mich, wie die Karten im Regen verschimmelten. Besonders in den Falten. Wenn der Schimmel sich ausbreitete, entstanden neue Landschaften. Aber sie waren nicht für uns. Für uns führte da kein Weg hin.

Die Geschichte mit der Taschenlampe ist typisch für die, die er erzählt.

 Die er mir beim Angeln erzählt.

Wer weiß, vielleicht hat er sie auch anderen Leuten erzählt?

Mir ist bewußt, daß ich mich schlecht ausdrücke. Ziemlich dürftig. Genau wie meine Handschrift schon immer ein bißchen trocken und ungleichmäßig gewirkt hat.

Der Dekan dagegen, er schrieb mit einem prachtvollen Füllfederhalter, meist an den Rand der Dokumente, und es war wie eine Malerei, ausdrucksvoll, elegant, pastos, könnte man sagen.

*

– Ich war draußen unterwegs, um eine Bunkerlinie zu inspizieren. Der Divisionschef wollte wissen, was diese Linie im Ernstfall wirklich taugte. Ich kam zu dem Ergebnis, daß sie so gut wie gar nicht taugte. Irgendein Idiot hatte die Bunker auf der Karte eingezeichnet, ohne das Gelände je besichtigt zu haben. Es lag ziemlich offen da, viel zu offen, am äußeren Rand eines Berghangs, der jäh in einen tiefen grünen Dschungel abfiel. Ein Gerücht besagte, daß es da unten ein ganzes nordvietnamesisches Regiment geben sollte, aber niemand wußte wirklich, wo es sich aufhielt oder wohin es unterwegs war. Alle Informationen waren schon alt. Und es war meine verdammte Pflicht, es herauszufinden.

In einen solchen Bunker paßt ungefähr ein halber Zug, und richtig schlafen kann man da eigentlich nicht. Es gehörte zu den typischen Tricks der Vietcong, die ganze Mannschaft aus dem Bunker zu locken und anschließend dafür zu sorgen, daß sie nicht wieder hinein konnte. Dann waren die Soldaten genauso hilflos wie eine Laus auf dem Amboß des Schmieds.

Während ich dort war, hatten wir einiges zu besprechen, der Feldwebel und ich, und ich schickte meinen eigenen Helikopter weg. Wir teilten eine Zigarette, die keine ganz gewöhnliche Zigarette war, und unterhielten uns leise im Inneren des Bunkers. Der Besuch zog sich etwas mehr in die Länge, als ich es erwartet hatte.

Das hatte damit zu tun, daß der Helikopter bei seiner nächsten Landung einen technischen Defekt hatte. Ich erfuhr nie, was es war. Und da schoß mir der Gedanke durch den Kopf, wie schrecklich es wäre, wenn mich überhaupt kein Helikopter holen käme. Zum erstenmal in diesem Krieg spürte ich, was wirkliche Angst heißt.

Diese ganze Situation wurde für mich einen Moment lang Wirklichkeit.

Dann kam mein Helikopter.

Drei Nächte später war der Zug dieses Feldwebels dran. Wir hörten sie über Funk und wußten, wo Hilfe zu holen war: ein ganzes helikoptergestütztes Jägerbataillon befand sich in einer Entfernung von wenigen Meilen. Nun war es so, daß wir die Radiofrequenz des Bataillons, unter vielen anderen, mit Wachskreide an die Windschutzscheibe des Helikopters geschrieben hatten. Es mochte lächerlich einfach erscheinen, die Männer anzurufen, ihnen die Situation zu erklären und für Hilfe zu sorgen. Es war nur so, daß wir keine Taschenlampe hatten. Wir hatten die verdammte Taschenlampe nicht dabei. Wir versuchten diese verfluchte Schrift zu lesen, diese vier Zahlen, die für ein Dutzend gute Männer Leben oder Tod bedeuteten, wir probierten es mit Streichhölzern, bis wir uns die Fingerspitzen verbrannten, aber es ging nicht.

Wir hatten kein Licht.

Etwas, wovon ich nachts oft träume, sind die Karten. Ich stehe mit einer Karte da, und Höhenlinien und Raster sind vorhanden, aber trotzdem finde ich nichts. Die Karte ist im

Begriff, sich in der Hand aufzulösen. Die Karten lösten sich in der warmen feuchten Luft auf. Es war völlig hoffnungslos. Wie sehr man auch suchte, das, was man suchte, befand sich in einer Falte der Karte, die weiß und leer geworden war und nichts mehr zu erzählen hatte.

Ja, die Karten zerfielen in der Feuchtigkeit.

Es geschah an einem Donnerstag.

Warum geschehen sonderbare Dinge immer donnerstags? Wenn ich mich recht erinnere, war es ein Donnerstag, an dem die Polizei kam und meinen Vater holte. Angeklagt des systematischen Betrugs mit christlichen Spendenaktionen. Was seine Situation eher noch erschwerte, war, glaube ich, sein Argument gegenüber dem Amtsrichter, auch der Kirchenvater Athanasios persönlich sei wegen Getreideschmuggels angeklagt worden.

Dies geschah nicht, als er bei der Kirche der Vereinigten Brüder war, sondern ein paar Jahre später. Als hätte die seinerzeit zu Unrecht erhobene Anschuldigung einer kriminellen Handlung ihn auf die Idee gebracht, etwas wirklich Kriminelles zu begehen. Seiner Tätigkeit als Staubsaugervertreter und was er sonst noch alles ausprobiert hatte überdrüssig, scheint er zu rein betrügerischen Machenschaften übergegangen zu sein. Die richtigen salbungsvollen Tonfälle beherrschte er ja.

Und konnte also christliche Spendenaktionen für christliche Kinder in Äthiopien und an ähnlichen Orten arrangieren. Die keine richtigen Spendenaktionen waren.

Seltsamerweise war es auch ein Donnerstag, an dem er starb.

⋆

Wann fing der Dekan damit an, mir Aufträge zu erteilen? So genau erinnere ich mich nicht mehr daran.

Es gab eine erste Periode, in der er mit mir reden wollte. Über alles Mögliche. Diese Periode ging dann in eine andere über. Und die andere war dadurch gekennzeichnet, daß er mir Aufträge erteilte.

Es war nicht nur so, daß sie sehr wenig mit meinen Pflichten als außerordentlicher Dekan zu tun hatten. Sie entfernten sich nicht selten von dem, was man im Dienst erwartet hätte. Hin und wieder einen Sachverhalt in der Bibliothek nachzuprüfen war wohl etwas, was man auch einem einfachen Laufburschen hätte anvertrauen können, aber aus irgendeinem Grund wünschte er einige Angaben gerade von mir zu bekommen.

Es waren auch nicht immer leichte Fragen. Statistiken über seltsame Gebiete. Daten, von denen man kaum erwartet hätte, daß sie überhaupt irgendeinen Menschen interessieren.

*

Aber jetzt war erst Anfang Juni, und er ließ mich gern kommen, um mit mir zu reden.

Normalerweise fuhr er in seinem Rollstuhl in dem großen Arbeitszimmer auf und ab, machte an einem der Fenster halt und warf einen Blick auf die frischen Rasenflächen der West Mall und die bunt ins Gras gelagerte Gesellschaft der Studenten, um dann eine Batterie von Anweisungen auf die Sekretärinnen abzufeuern. Ich dachte zuerst, er hätte nur zwei, aber tatsächlich waren es vier. Nummer drei und Nummer vier kamen an den Tagen, an denen der Dekan nach fünf Uhr weiterarbeitete, wenn die anderen nach Hause gingen.

Nicht selten bestellte er belegte Brote ins Büro. Belegte Brote und heißen grünen Tee aus einem chinesischen Restaurant unten am Draggen, um bis zehn oder elf Uhr abends durchzumachen. Nicht immer. Aber an vielen Tagen war es so.

Genaugenommen ist das College of Liberal Arts an der University of Texas ein ziemlich großes Unternehmen. Größer als die meisten intellektuellen Industrien.

Und dem Dekan gelang es, es während seiner Jahre dort größer erscheinen zu lassen, als es ist.

Das habe ich allerdings erst im nachhinein begriffen.

Dieses Auf und Ab im Rollstuhl konnte einen nervösen Eindruck machen. In Wirklichkeit glaube ich, daß es ein Ausdruck für überschäumende, gewaltige Energien war. Dieser Mann konnte auf die gleiche Art gefährlich wirken wie eine ins Gras gefallene Hochspannungsleitung.

Scheinbar still und harmlos, solange man sie nicht berührt.

Es war die Zeit, in der die Hitze einem wie eine Ohrfeige ins Gesicht schlägt, wenn man das Haus verläßt. Die Zeit, in der die Katzen nicht mehr auf den Motorhauben der geparkten Autos schlafen, da sie allzu heiß sind. Die Zeit, in der die Krähen in langsamen Kreisbewegungen über dem Campus fliegen, um sich kühl zu halten. Es war, kurz gesagt, ein Donnerstag Anfang Juni. Die Jahreszeit, in der sich alle Menschen ein bißchen anders verhalten. Als sei das Licht in der Gegend stärker, als ihnen guttut.

Genau bei Sonnenuntergang, der ja um diese Jahreszeit sehr spät stattfindet, fuhr ich zusammen mit Susan, die mit den lustigen roten Haaren, und einer ihrer Freundinnen hinaus in den Zilker Park. Um ein paar Runden in dem kühlen, kristallklar grünen Wasser zu schwimmen. Wir zogen uns jeder an seinem Ort um und trafen uns unten an der Treppe wieder. Ich bewunderte ihre schlanken, festen Körper, als sie sich ins Wasser warfen. Körper, die fast zu gepflegt, zu trainiert, zu perfekt waren, um eine wirklich große Anziehungskraft ausüben zu können. Wir schwammen, kühlten uns ab, tauschten ein paar Worte über die belanglosen Ereignisse des Tages. Die Mädchen verschwanden im Umkleideraum für Frauen, und als ich fertig war, frisch gekämmt und proper, konnte ich sie nirgends entdecken.

Ich schaute nach rechts und nach links. Wie immer an einem solchen heißen Sommernachmittag gab es hier sehr viele Leute, Mütter mit Kindern, Sportschwimmer, Menschen aus der Innenstadt, die genau wie ich und die Mädchen die Chance wahrnahmen, ein wenig Kühle zu finden und den Staub des Tages abzuwaschen, ehe die minutenkurze Dämmerung hereinbrach.

Weit und breit keine Mädchen. Waren sie wirklich schneller gewesen als ich? Das wäre ungewöhnlich.

Ich konnte nicht lange darüber nachdenken. Ein Mann kam auf mich zu, fast als hätte er auf mich gewartet. Sein Alter war schwer zu schätzen, er trug ein sorgfältig gebügeltes Hemd ohne Schlips und lange, weiße Hosen. Der Kopf, rund und massig, war fast kahl, während der sehr bestimmte Mund von einem melancholischen Bart umrahmt war. Die Augen waren eher grau als blau und blickten eigentümlich intensiv.

– Doktor Spencer?

– Ja?

– Mein Name ist Douglas Melvin Smith. Ich komme aus Boston.

Ich wußte nicht, wie ausführlich ich diese Tatsache kommentieren sollte. War es seine Absicht, mir zu imponieren? Wollte er etwas verkaufen?

– Und Sie finden es interessant hier in Texas. Was hat Ihre Wege nach Austin geführt, wenn ich fragen darf?

– Haben Sie Zeit für einen kleinen Spaziergang?

Dazu hatte ich eigentlich nicht die geringste Lust, da

ich wußte, daß ich nach hundert Metern genauso warm und verschwitzt sein würde wie vor dem Schwimmen. Aber irgend etwas im Auftreten des Mannes machte es schwer, nein zu sagen.

Wir gingen einen Hang östlich des Bades hinauf, unter hohen Bäumen und in einem ziemlich steilen Gelände, das für den Ungeübten nicht ganz einfach zu bewältigen ist. Mr. Smith hatte eine sonderbare, fast tastende Art zu gehen, als hätte er den Verdacht, der Park sei vermint. Vielleicht erschien ihm die ganze Welt um ihn her als vermint?

Vielleicht war sie das? Aus seiner Perspektive?

– Ich wollte Ihren Chef besuchen, Professor Chapman.

Das hatte er also schon herausgefunden. Ich witterte Unrat, begrabene Hunde, mir fallen nicht mehr all die findigen Ausdrücke für das ein, was man empfindet, wenn man weiß, daß jemand es auf einen abgesehen hat. Dieser Mann *hatte Dreck am Stecken*, hätte man vielleicht sagen können.

– Ich schreibe historische Bücher. Amerikanische Geschichte. Eins über Präsident Harding und den Börsenkrach 1929. Eins über Theodore Roosevelt und Mexiko.

Ich würde diesen Mann schon zu nehmen wissen, dachte ich, jetzt, da ich ahnte, worauf er aus war.

– Und jetzt schreiben Sie über ein neues Thema?

Er nickte.

– Aber, sagte ich unschuldig, es kann doch kaum ein Problem sein, mit Professor Chapman ins Gespräch zu kommen. Er hat ja ein Büro in der Universität, und Sekretärinnen, die bestimmt ein Treffen arrangieren können. Ich vermute, Sie wollen ihn über seine Kriegserlebnisse befragen. Er war ja Jägerhauptmann in Vietnam. Aber ich glaube zu wissen, daß er ungern über seine Erfahrungen in Vietnam spricht. Schon gar nicht mit Personen, die er nicht kennt.

– Das Problem ist eher, daß er mich kennt, sagte er.

– Ach ja?

– Ich war ebenfalls in Vietnam.

– Aha?

Die Sache nahm allmählich eine ernste Wendung. Wußte dieser Herr etwas über den Dekan, was er nicht wissen sollte?

– Aber, wenn ich fragen darf, haben Sie denn nicht selbst mit ihm Kontakt aufgenommen?

– Doch, natürlich.

– Mit Erfolg?

– Nein. Überhaupt nicht.

– Ja, Mr. Smith, dann glaube ich kaum, daß ich Ihnen behilflich sein kann. Professor Chapman ist ein Mann, der weiß, was er will.

– Ja, das ist er offenbar.

– Darf ich fragen, was er gesagt hat?

– Er hat gesagt, wenn ich in Austin bliebe, könnte ich ein ernstes Problem bekommen.

Ich entschuldigte mich und kehrte zum Parkplatz zurück, ohne auf Mr. Douglas Melvin Smith zu warten.

Ich versichere. Auf Ehre und Gewissen. Ich habe ihn seither nicht mehr wiedergesehen.

Und die Toten: kein schöner Anblick. Die Toten, mit tief in die Erde gekrallten Fingern, als könnte ihnen das helfen, ihre Schreie zu unterdrücken.

Etwas, was der Dekan gesagt hat. Ich weiß nicht, wann, es hatte wohl mit seiner Zeit in Vietnam zu tun. Aber es blieb mir im Gedächtnis haften. Etwas unfaßbar Grauenvolles. Wie ein Schrei aus einer anderen Welt, einer viel schrecklicheren als sogar dieser. Die außerdem vielleicht in unsere eigene eindringen könnte.

Am nächsten Tag bekam ich etwas mehr zu hören.

Mr. Douglas Melvin Smith war, ohne mein Wissen, im West Mall Building gewesen.

Den Mädchen war er aufgefallen. Der Mann war anscheinend ziemlich arrogant und aufdringlich. Und hatte darauf gedrungen, den Dekan unverzüglich nach dem Lunch zu treffen, als wäre das eine Art Selbstverständlichkeit. Eine solche Anmaßung sind wir im West Mall Building nicht gewöhnt. Und vor allem verspürte keiner das Bedürfnis, ihn darin zu ermutigen.

Sie hatten ihm klargemacht, daß man gewöhnlich einen Termin vereinbart, weil der Dekan einer großen Fakultät eine Reihe von Verpflichtungen wahrzunehmen hat. Der Mann hatte ohne weiteres in einem der Korbstühle am Empfang Platz genommen, und da weder der Dekan noch ich da waren (wir waren an diesem Vormittag beide voll beschäftigt mit einer Fakultätsversammlung, die wegen eines Protests gegen eine neue Verordnung eilends einberufen worden war), fühlten sich die Mädchen ein wenig beunruhigt. Sie wußten nicht genau, was sie mit diesem Mann anfangen sollten.

Ging es womöglich um eine Schenkung? In diesem Fall wäre Dr. Spencer der richtige Ansprechpartner. Aha, das nicht. Vielleicht um einen Studenten? Ob man die Ehre habe, mit einem Vater zu reden? Oder möglicherweise mit einem anderen Verwandten? Für den Vater eines unserer Studenten schien der Herr ehrlich gesagt eine Spur zu alt.

Nein. Er ließ dem Dekan Paul Chapman ausrichten, Douglas Melvin Smith sei hiergewesen und würde wiederkommen.

Es gehe um verschiedene gemeinsame Erinnerungen. Er selbst sei derzeit damit beschäftigt, einen historischen

Abriß über den tragischen Konflikt in Vietnam zu verfassen.

(So soll er sich tatsächlich ausgedrückt haben.)

Und die Toten: kein schöner Anblick. Die Toten, mit tief in die Erde gekrallten Fingern, als könnte ihnen das helfen, ihre Schreie zu unterdrücken.

Der Juni verging. Der Sommer kam, wie üblich erst mit schwerem, feuchten Grün in dem dunklen und regnerischen Monat Mai, und dann der Juni mit Gluthitze, verdorrtem, immer braunerem Gras, raschelnden leeren Flußbetten, in denen die Schlangen sich wohl fühlen, beinahe unerträglicher Hitze.

Ich machte mir Gedanken, was wohl aus Mary Elizabeth geworden war, diesem schlanken, etwas geistesabwesenden Mädchen, das über einen Fußballtrainer schreiben wollte, der einen Pakt mit dem Teufel schließt. Ich hatte ja vorgeschlagen, einen kleinen creative-writing-Kurs zu veranstalten, mit Mary Elizabeth als einziger Schülerin, in dessen Verlauf sie ihre philosophische Erzählung schreiben und sehen sollte, wohin sie führte.

Und dieser überraschende, nie wiederholte Freitagabend mit Gertrude Holländer. Was bedeutete er?

Als ich am Montag ins Büro kam, hatte ich erwartet – was? Daß sie wenigstens auf eine besondere Weise lächeln würde.

Nichts dergleichen. Sie kam herein und überreichte, in hochgeschlossener, frisch gestärkter Bluse, adretter und aufrechter und königlich schöner denn je, eine dicke Akte vom Dekan.

– Doktor Spencer, hier sind Vorschläge für eine Satzung für das Prag-Stipendium. Professor Chapman sagt, es wäre gut, wenn Sie sich vor der Konferenz am Donnerstag damit vertraut machen könnten.

 [Feuchtigkeitsschaden; unleserlich]

Je angespannter, je spezieller, unbeschreiblicher und merkwürdiger meine Situation mir erschien, desto läppischere Aufträge erteilte mir der Dekan. So kam es mir vor.

Ich sah zum Fenster hinaus. Ein plötzlicher Regenschauer, schnell, hart und wasserreich, fegte draußen übers Gras. Die Kronen der alten Bäume neigten sich unter gewaltigen Windstößen, ein alter mexikanischer Gartenarbeiter jagte seinen Hut über den ganzen Rasen. An dessen Ende fing ein hilfreicher Student den Hut in einem diagonalen Spurt auf, der ihm auf dem Fußballplatz zur Ehre gereicht hätte.

Vielleicht war er Fußballspieler? Er hätte es sehr wohl sein können. Unsere Mannschaft The Texas Longhorns landet einen Erfolg nach dem andern.

Eigentlich bin ich nicht zu kränken, indem man mir Gleichgültigkeit zeigt. Ich betrachte sie als den normalen Zustand der Außenwelt.

Wenn man mich kränkt, mich enttäuscht, mich *im Stich läßt*, splittere ich meine Aufmerksamkeit auf, schicke sie in Richtungen aus, in die sie sonst nicht gegangen wäre.

So wurde es schließlich Herbst, und etwas kühler.

Und dann fand ich Mary Elizabeth wieder. An dieser Bushaltestelle. Auf dem Weg von einer kurzfristigen Bleibe zur nächsten.

Sonst hätte alles vielleicht einen anderen Verlauf genommen.

Ich muß gestehen: in diesem Herbst hatte ich das Bedürfnis, mehr zu erfahren. Es war eine wachsende Wißbegier, die nicht ganz leicht zu erklären war. Aber ich hatte das Gefühl, ich könnte mich auf nichts anderes konzentrieren, wenn ich nicht mehr über diesen ausgesprochen zurückhaltenden, mächtigen und sehr ruhigen Universitätsmann erführe. Es war, als bewege er sich in zwei Welten, seiner alltäglichen mit den Konferenzen und Papieren und Projekten und Besprechungen mit dem Rektor und dem Verwaltungsdirektor und den üblichen alten Milliardären, von denen er Geld für die Fakultät erbettelte. Wie er all das unter Kontrolle halten kann und sicher noch einiges mehr, ist mir durchaus unbegreiflich. Woher nimmt er diese ganze Macht?

Er ist davon überzeugt, daß andere Menschen sehr faul sind, daß sie versuchen, sich so schnell und effektiv wie möglich vor ihren Aufgaben zu drücken. Ich glaube nicht, daß er ein Familienleben hat. Jedenfalls ist mir nichts dergleichen zu Ohren gekommen. Schenkt man den Gerüchten im Korridor Glauben, hat er hin und wieder eine Geliebte. Draußen in der Stadt, wie anzunehmen ist. Aber private Freunde hat er offenbar eine ganze Reihe.

Solche, mit denen er nicht nur Umgang pflegt, um von ihnen Schenkungen zu erhalten. Er scheint all die wirklich reichen Leute in der Stadt zu kennen und verkehrt gern mit Vorstandsmitgliedern der Universität. Man ahnt ein altes Netzwerk eher, als daß man es wahrnimmt. Dieser Mann ist mächtiger, als sein Rang vermuten läßt.

Zum Teil hat er originelle Bekanntschaften. Nachmittags bittet er mich manchmal, ihm zu einem Besuch in einem der kleinen Läden am Draggen über die Straße zu helfen. Offenbar ist er eng befreundet mit dem Inhaber, einem Mann seines Alters. Der ebenfalls im Rollstuhl sitzt. Der Dekan scheint sich dort wohl zu fühlen. Er bittet mich nicht zu warten, er will später wieder ins Büro. Und er bleibt stundenlang dort. Von seinem Freund weiß ich nur, daß er Softwareprogramme kauft und verkauft, und daß er Computer in Reparatur nimmt. Was er mit dem Dekan zu tun hat, ist schwer zu sagen, wenn man nicht davon ausgeht, daß beide Vietnamveteranen sind.

– Spencer! Hier ist eine Art Statistik, die besagt, daß über die Hälfte aller Amerikaner an ein Leben nach dem Tode glaubt. Stellen Sie sich vor, so was Dummes! Und etwa acht Prozent glauben an etwas noch Dümmeres: an die Wiedergeburt! Die Hälfte aller Menschen, die jemals gelebt haben, lebt jetzt! Woher kommt diese Hälfte? Sind das sozusagen Neuinkarnierte?

Und wer möchte schon nach seinem Tod weiterleben? Die Griechen haben das verstanden. Sie haben erkannt, daß es überhaupt nicht lustig ist, als Schatten zu leben. Denken Sie an die *nekyia* in der Odyssee oder an die entsprechende Stelle bei Vergil!

Wer würde wünschen, daß alle Toten ein ewiges Leben hätten? All die toten Feinde und all die toten Freunde? Und vor allem – wer würde das selber gern erleben? Was für ein endloser Trott, was für eine entsetzliche Wiederholung! Der einzige, der begriffen hat, wie grauenvoll dieser Gedanke ist, ist natürlich Nietzsche. Er hat erkannt, daß ein ewiges Leben nichts anderes bedeuten kann als die ewige Wiederkehr.

Und *parousia*, die Erhebung der Frommen in den Himmel! Können Sie sich denken, wie das aussehen wird? Wie stellen Sie sich dieses Büro nach der Parusie vor? Alle christlichen Frauenzimmer mit kleinen goldenen Kreuzen an der Halsgrube werden erhoben werden, so viel ist sicher.

Glauben Sie mir: nur Sie und ich werden übrigbleiben!

Warum?

Weil wir nicht gut sind, natürlich!

Das ist die einzige Chance, die wir haben.

Man darf sich nicht vorstellen, wir hätten uns lange unterhalten. Ein Ort wie das Büro des Dekans am College of Liberal Arts ist kein sonderlich ruhiger Ort. Es ist die größte Fakultät ihrer Art in Amerika. Im Konferenzraum gehen Leute ein und aus. Und dann und wann, aber nicht sehr oft, muß der Dekan persönlich an Besprechungen teilnehmen. Man erweist ihm große Rücksicht, da er an den Rollstuhl gefesselt ist. Aber zum Rektor, dem ruhigen und stets gleichbleibend höflichen Professor Sachsberg, muß er dennoch mindestens einmal im Monat. Und dann gibt es die Fakultätsversammlungen und Alumnentreffen, da muß er dann öffentlich reden. Wozu er stets eigenhändig geschriebene Manuskripte benutzt, die gewöhnlich aus ein paar Notizen auf einer kleinen Karteikarte bestehen. Und er erledigt das mit Bravour. Seine Fähigkeit, andere zu begeistern, ist bemerkenswert für einen so skeptischen und ironischen Menschen.

Telefonieren tut er ungern, alte Freunde ausgenommen. Das scheint ein Prinzip zu sein. Er versichert mir, daß es fast nichts Schädlicheres und der Gesundheit Abträglicheres gibt als Telefone. Sie richteten in amerikanischen Büros größeren Schaden an als sogar das Koffein, das er, nebenbei gesagt, als äußerst gefährliches Gift zu betrachten scheint. Das Telefon verwandle die Menschen in bloße Empfänger, in tatenlose Faulpelze, die nur darauf warten, daß jemand ihnen erzählt, was sie tun oder lassen sollen. Telefone seien für dumme und träge Menschen da, oder für diejenigen, die gelernt haben, die Passivität der anderen zu benutzen. Gnade Gott der Sekretärin, die wahllos Telefongespräche zum Dekan durchstellt!

Lange, ausführliche Gespräche fanden also nicht statt, auch wenn das so scheinen mag. Das meiste von dem, was ich berichtet habe, ist aus Fragmenten zusammengesetzt, aus kurzen Erörterungen, Unterredungen, die anfingen, ohne unbedingt ein Ende zu haben. Manche Teile verschiebe ich und füge sie neu zusammen. Es ist gar nicht sicher, ob der zerbrochene Krug wieder ganz werden kann. Das war er vielleicht nicht einmal am Anfang.

Ein Gedanke, auf den er oft zurückkam, war: daß er nicht gut sei.

[Feuchtigkeitsschaden im Manuskript. Textverlust]

Der Dekan unterbrach sich mitten in einem Gespräch, das von etwas ganz anderem handelte, dem ewigen Problem nämlich, wie man ein bißchen Schwung in die kleinen Sprachen bringen könnte. Ein Gespräch, das an und für sich interessant war; eine seiner Ideen lief darauf hinaus, daß man Italienisch für Anfänger mit Hilfe von Opernlibretti lehren solle, und Russisch, indem man sich gleich Puschkins Gedicht *Der Bronzereiter* vornahm, statt die ewigen Straßen- und U-Bahnszenen der Touristensprachführer durchzukauen. Sprachen werden ja vollständig uninteressant, sagte er mit einem zufriedenen Glucksen, wenn es nichts Interessantes darin zu lesen gibt. Und Französisch?

Marquis de Sade natürlich, *Die Philosophie im Boudoir* sei eine sehr geeignete Lektüre. Warum das diesen langweiligen Pedanten, die sich mit Sprachunterricht befaßten, nicht in den Kopf wollte? Glaubten sie wirklich, die Verbformen existierten nur um ihrer selbst willen?

– Aber, wandte ich vorsichtig ein, wenn man die Studenten Marquis de Sade lesen läßt, bekommt man dann nicht mit dem Vorstand und erbosten Eltern gewisse Probleme?

– Das glaube ich überhaupt nicht. Im Gegenteil. Es ist möglich, daß es einige Debatten gibt, aber sie werden genaugenommen als hervorragende Reklame dienen, für die Liberal Arts ebenso wie für die ganze Universität.

– Aber, fügte er ganz überraschend hinzu. Da wir gerade von de Sade sprechen, wollte ich Sie fragen, ob Sie Ihre Freundin immer noch mit diesem Cousin teilen.

Ich war, gelinde gesagt, perplex. Mir war schleierhaft, wie er über meine privaten Verhältnisse so viel wissen oder überhaupt eine Ahnung davon haben konnte. Oder, wenn man so will, Mißverhältnisse. Wer konnte getratscht haben?

– Ich glaube schon, erwiderte ich.

Im selben Moment wurde ich mir natürlich meiner Dummheit bewußt. Warum sollte ich verpflichtet sein, auf eine solche Frage zu antworten? Warum antwortete ich nicht einfach ganz höflich, ich hätte nicht den leisesten Schimmer, wovon der Dekan spreche. Doch er fuhr fort, ebenso ruhig dozierend, wie er angefangen hatte:

– Eins dürfen wir nicht vergessen. Wir leben in einer vollständig amoralischen Zeit.

Es gibt nichts, buchstäblich nichts, das die Menschen von den schlimmsten Verbrechen abhält. Der gute alte Kriminalroman, im wesentlichen ein Produkt des britischen

Imperiums mit seinen hochentwickelten Rechtsprinzipien, ist am Ende dieses Jahrhunderts schließlich lächerlich geworden.

Wie könnte sich der Mord in der Bibliothek mit den Massengräbern des zwanzigsten Jahrhunderts messen, mit seinen Krematorien und Vernichtungsfabriken?

Und wo bleibt das Rätsel, wenn wir alle wissen, wer die Verbrechen begangen hat? Es braucht keine erfindungsreichen Detektive mehr, keine Bluthunde, die an schwachen Spuren entlangschnüffeln, keine überlegenen Intelligenzen in Sportmützen, die in einsamen Heidelandschaften die richtigen Schlußfolgerungen ziehen.

Und damit nicht genug; wir wissen auch, daß die Verbrecher in den meisten Fällen nicht bestraft wurden. Stand Hitlers Tod in irgendeinem Verhältnis zu dem, was er verursacht hat? Wohl kaum. Von Stalin wissen wir, daß er nach Tagen der Durchsicht sehr langer Hinrichtungslisten in seinem privaten Kino gern Chaplinfilme sah. Und daß er über diese Filme herzlich lachte. Man könnte fast sagen: je größer das Verbrechen, desto kleiner das Risiko der Strafe. Das Risiko der Entdeckung besteht natürlich – aber welche Rolle spielt die Entdeckung für einen Stalin, einen Hitler oder einen Eichmann?

In dieser Perspektive kann man natürlich sagen, daß die modernen arabischen Mörder, die sich selbst zusammen mit ihren Opfern, unschuldigen Flaneuren und Vorschulkindern, in Stücke sprengen, eine moralisch viel befriedigendere Form des Verbrechertums repräsentieren. Sie sind ein neuer Typ des Verbrechers, der seine eigene Strafe – man darf wohl sagen, eine gerechte Strafe – in das Verbrechen einbaut.

Sie tun es, davon bin ich überzeugt, nicht aus irgendwelchen dämlichen religiösen Motiven, sondern weil sie eine Ahnung vom Nichts haben, von seinem Ausmaß und seinen wirklichen Dimensionen. Sie haben kein besseres Schicksal verdient. Das ist genau das, was sie zeigen. Mit schrecklichen Mitteln.

Überhaupt halte ich die Hölle, die richtige altmodische Hölle, mit endlosen Schmerzen, entsetzlicher Abgeschiedenheit in den tiefsten Bleikammern des Universums, den unerträglich dissonanten Schreien der Dämonen, wie sie tief unter einem seit Jahrhunderten grauen Himmel dahinfliegen, diese Hölle, in der all unsere Verheißungen sich als Verrat entpuppen, und all unsere Liebe als falsche und kaschierte Eigenliebe – ich halte die Hölle für eine moralische, ja eine metaphysische Notwendigkeit. Natürlich sehen Sie ein, daß ich recht habe, nicht wahr, Spencer?

Ich gab zu, ein wenig zögernd und stotternd, daß er möglicherweise recht haben könnte. Und grübelte immer noch darüber nach, wo um alles in der Welt er von Mary Elizabeth und meinem abscheulichen Cousin erfahren hatte. Dieser Metaphysik zu folgen fiel mir ein bißchen schwer. Jedenfalls in diesem Moment.

– Die Hölle ist also eine moralische Notwendigkeit. Da die Bösen in dieser Welt offenbar nicht bestraft, sondern belohnt werden, besonders wenn sie allzu böse sind, brauchen wir eine andere Welt.

– Vielleicht.

– Da ist nur eine Schwierigkeit, Spencer. Es gibt nicht den geringsten Grund zu glauben, daß diese andere Welt existiert.

– Mich kann man nicht einmal so recht davon überzeugen, daß diese Welt existiert. Geschweige denn eine andere. Und das Paradies? Was sollen wir über das Paradies sagen? Ist das auch eine moralische Notwendigkeit?

Zu meiner Überraschung überlegte der Dekan lange. Schließlich antwortete er:

– Ja. Ich glaube, auch das ist eine Notwendigkeit. Aber darauf sollten wir vielleicht ein andermal zurückkommen.

Was ich sagen will, Spencer, ist, daß man es nicht immer hinnehmen muß, sich von anderen Menschen piesacken und demütigen zu lassen. Knöpfen Sie sich diesen Cousin vor.

– Wie, meinen Sie, soll ich ihn mir vorknöpfen?

– Wer sich des Ziels sicher ist, findet auch die Mittel.

Und er fügte fast verdächtig schnell hinzu:

– Es ist ja möglich, daß das Ganze nur eine Frage der Deutung ist. Es ist ja möglich, daß Sie diesem Mädchen eine Rolle in Ihrem Leben zuweisen, die völlig übertrieben ist. Und in diesem Fall könnten Sie doch ruhig zulassen, daß er sie in seinem Palast behält? Es ist kein Mädchen, das in diesem Leben viel Spaß gehabt hat, glauben Sie mir – ich weiß es.

(Woher konnte er das wissen? Damals dachte ich nicht viel darüber nach, später dafür um so mehr.)

– Ich würde sie die kleine Freude auskosten lassen, die sie gefunden hat. Früher oder später wird sie benutzt und weggeworfen werden wie ein verfaulter Pfirsich aus einem Obstkorb. Aber wenn sie Ihnen wirklich etwas bedeutet, Spencer, dann sollten Sie etwas dagegen unternehmen.

So daß Sie sich besser auf die Arbeit hier konzentrieren können.

Und er klopfte energisch mit dem Bleistift auf die Schreibunterlage.

Das war immer das Zeichen, daß eine Sitzung, oder vielleicht könnte man sagen: eine Audienz, beendet war.

Ich weiß ja nicht.

Aber falls jemand irgendwann einmal diese losen Aufzeichnungen lesen sollte – allerdings habe ich vor, sie bald zu vernichten –, müßte ich zumindest eine Sache erklären.

Im Zweistromland, in dem fruchtbaren Halbkreis, bei den Sumerern und Babyloniern, gibt es, meinte der Dekan, eine Art von typischer Götterkarriere. Der junge Gott, ein El oder Baal oder wie sie nun heißen mögen, besiegt die Chaoskräfte. Die Chaoskräfte werden oft von einem Wassermonster repräsentiert, einer Überschwemmung, die alles Leben bedroht. Von all dem finden wir ja deutliche Spuren in unserer eigenen Bibel, die ja nichts anderes ist als ein unglaubliches Flickwerk von Religionen, Mythen, Mißverständnissen, seltsamen Kulten und Mysterien.

Was tut der junge Gott, wenn er die Chaosmächte besiegt hat?

Er sucht sich natürlich einen Berg, am liebsten den höchsten und imposantesten Berg der ganzen Gegend. Dort baut er seine prachtvolle Wohnung, von dort aus schickt er Gesetz und Ordnung hinunter in die Lehmebenen, die sich tief unter ihm im Dunst verlieren. Und auf Gesetz und Ordnung, Bewässerungsregeln, Regeln für Zucht und Anstand und strenge Strafen für Unzucht und Ungehorsam folgt natürlich Wohlstand, die Ebenen zwischen den Kanälen begrünen sich zusehends, Maße und Gewichte, und schließlich auch Buchstaben, treten aus dem Nichts hervor.

Genauso sieht es auch hier aus: nach einer erfolgreichen Karriere, erst als Professor für Elektronik, und zehn ertragreichen Jahren mit einer eigenen Firma, verkauft der junge Erfinder oder geht an die Börse, worauf er sich in klassischer Manier auf den höchsten Punkt eines geeigneten Hügels mit meilenweiter Aussicht über den Texas-Coloradofluß zurückzieht. Hier errichtet er seine Wohnstatt. Die Folge sind eine lange Reihe von seltsamen maurischen Palästen, griechischen Tempeln, altertümlichen Burgen und neugotischen Märchenschlössern im Stil von König Ludwig von Bayerns Neuschwanstein, auf einem Hügel nach dem anderen. Wenn der IT-Boom noch ein paar Jahre anhält, wird der bescheidene Texas-Coloradofluß bald aussehen wie das Rheintal. Sogar romantische Weinberge – etwas, das es am Lake Travis noch nie gegeben hat – legen die neuen Fürsten an.

Da sie im Grunde noch Jungen sind – ich meine geistig – und nie Zeit für vertiefte Studien der Kunst- und Architekturgeschichte hatten, bauen sie jungenhaft. Genau wie Ludwig zu seiner Zeit. Das einzige, was fehlt, sind ein oder mehrere Richard Wagners, um einen Lebensstil zu sublimieren, bei dem es hauptsächlich immer noch darum geht, in einem Badezimmer gelben Marmor zu haben und im nächsten grünen. Wenn man diese Leute besucht, hat man oft den Eindruck, daß sie und ihre Familie und Freunde den größten Teil des Tages und der Nacht in der Badewanne verbringen; so viele Badezimmer bauen sie. Tatsächlich ist dies nur eine Art von aufgeblasener Kleinbürgerlichkeit. (Genau wie die riesigen Fernsehbildschirme, die sie hartnäckig in ihre Wohnzimmer schleppen. Dabei wird doch das Fernsehen, dieses mittlerweile fast sinnlose Medium, keinesfalls dadurch interessanter, daß man den Bildschirm größer macht!)

Die Faszination für Badezimmer ist natürlich nur ein anderer Ausdruck für dieses Mittelstandsdenken. Gewöhnliche Einfamilienhäuser in der Vorstadt werden wertvoller, wenn sie zwei Badezimmer haben statt eins. Hier macht sich jedoch der Begriff *Grenznutzen* aus der klassischen ökonomischen Theorie geltend. Zehn Badezimmer sind nicht zehnmal besser als ein Badezimmer.

So erhalten wir das interessante Phänomen von Menschen, die sich Renaissancepaläste bauen, die Wände mit Kitschbildern pflastern, die sie auf italienischen Märkten erstanden haben, und ihr gewöhnliches Arbeitsleben in Palastform führen.

Mein Cousin, Derek Spencer III, ist ein gutes Beispiel dafür. (Das mit der III hat er im nachhinein erfunden, völlig unmotiviert und nur, um fein zu tun. Unsere Familie ist überhaupt nicht von der Sorte, die römische Zahlen hinter ihren Namen setzt. Das tun in diesem Land nur Menschen mit absolut fürstlichen Vermögen.) Aber er ist ja reich geworden, so ungeheuer reich, daß man vielleicht doch in Betracht ziehen muß, ob er nicht ein Anrecht auf diese sonderbare römische Drei hat. Wer die Eins und die Zwei waren, verbleibt ein vollständiges Mysterium.

Er wählte also die Elektronik und machte in Rekordzeit seinen Doktor. Wie er Schaltkreise und Computerarchitektur und Assemblycode und binäre Algebra und Bits und Bytes und Wieners Informationstheorie und womit noch alles befassen gelernt hat, bin ich nicht der Mann zu erzählen.

Aus jüngeren Tagen habe ich ihn als etwas schlanker in Erinnerung, als er es jetzt ist, mit seinem Palast auf dem Hügel, seinen sechshundert Millionen Dollar und seinen dreitausend Untergebenen. Er war damals irgendwie eckiger, heute gleicht er eher einem Bischof.

Wo war ich stehengeblieben? In diesen Tagen bin ich manchmal so sonderbar zerstreut. Vielleicht ist das ein Zeichen für eine Angst, die ich nicht recht einzugestehen wage, nicht einmal mir selbst.

Cousin Derek überwindet die Mächte des Chaos und läßt sich auf seinem Berg nieder

Ja, wer weiß? Vielleicht hätte etwas richtig Interessantes aus ihm werden können, unter anderen Umständen. Vielleicht ein Philosoph? Vielleicht ein großer theoretischer Physiker? Sicher ist, daß Dereks Einfluß in meinen frühen Teenagerjahren mich zur Philosophie hingeführt hat.

Mein Vater hatte immer das Gefühl, daß aus diesem Neffen mit seiner eigentümlichen Verschlossenheit und seinem Hang zu den abstrakten Wissenschaften etwas sehr Feines, etwas sehr Theoretisches werden würde.

Als ich hörte – da war ich noch kein Student –, daß er zu einem in meinen Augen so trivialen und handwerklichen Fach übergewechselt war wie der Elektronik, traute ich meinen Ohren kaum. Und auch meine Eltern waren sprachlos.

Lange Zeit hatten wir überhaupt keinen Kontakt.

Aber als ich ihn allmählich wieder öfter sah, es muß fast zehn Jahre später gewesen sein, und ich hatte schon meinen Doktor und die erste Stellung in der Waggener Hall an der University of Texas in Austin, da hatte er die Universität schon verlassen und sich selbständig gemacht. Er war praktisch mühelos Professor in seinem Institut geworden und hatte sich genauso selbstsicher und ruhig von dort verabschiedet, wobei er ein paar unglaublich lukrative Patente mitnahm.

Jetzt wurde es sozusagen etwas schwieriger.

Derek, der mich stets durch die Erkenntnis beunruhigt

hatte, daß er so viel intelligenter sein mußte als ich, begann jetzt mit explosionsartiger Geschwindigkeit ganz unglaublich reich zu werden. Seine ursprünglichen Aktien in diesem Unternehmen, das er gegründet hatte, stiegen plötzlich. Ungefähr zu dem Zeitpunkt, als alle anderen nachgaben.

Dann hatten sie einen solchen Wertzuwachs, daß eine Putzfrau, die im ersten Jahr monatlich hundert Dollar von ihrem Lohn für Optionen abgezweigt hatte, sich nach fünf Jahren mit vierhundertfünfzigtausend zurückziehen konnte.

Während Derek immer egozentrischer und rigider wurde, immer uninteressanter als Gesprächspartner – so erschien es mir jedenfalls –, war er dafür um so erfolgreicher mit seinen, wie es hieß, epochalen Softwareprogrammen und Erfindungen. Er trat gleichsam in eine ganz und gar neue Ära seines Lebens ein, eine, in der er teure offene Sportwagen fuhr, Spezialanfertigungen aus England (ein BMW war natürlich nicht teuer genug, mittlerweile mußte es ein maßgeschneiderter Morris sein). Er erschien auf den Titelseiten von Branchenblättern und begann sich vorsichtig, aber mit einer Art neuer Aufgeblasenheit, über die großen, tiefgreifenden gesellschaftlichen Fragen zu äußern. Natürlich ließ er sich seine Anzüge aus Paris kommen. Diese fanden nur bei den Konferenzen mit Patentanwälten und bei öffentlichen Auftritten Anwendung. Normalerweise lief er in seinen schmutzigen alten Jeans herum, so, wie er mir aus der Kindheit in Erinnerung war. Was die öffentlichen Auftritte angeht, bei diesen völlig sinnlosen Konferenzen und Symposien über die Zukunft der Welt und der Ökonomie, die scheinbar nur dazu dienen, daß solche Personen zu Wort kommen, so waren sie wirklich peinlich trivial. Dieser Mann, der früher in privaten Gesprächen richtig interessant war, konnte am Rednerpult in einem Kongreßsaal nichts als die schrecklichsten Plattitüden von sich geben.

Information ist in der Geschichte der Menschheit noch nie so billig gewesen wie jetzt.

Und so weiter.

Ich nahm das Ganze zunächst mit der Ruhe, aber als ich von seinem Bauvorhaben hörte, wurde mir mulmig.

Er kaufte ein riesiges Grundstück auf einem Hügel mit einem langen, sanften Abhang zum Lake Travis hinunter. Weit drüben im Norden, wo sich früher nur Hippies und Nudisten aufhielten. An dem Hang legte er einen Weinberg an, mit – wie es hieß – teuren, von der Côte du Rhône importieren Rebstöcken, damit es wirklich aussehen sollte wie an der französischen Riviera.

Das Haus selbst war ein Palast mit Zinnen und Türmen in der groteskesten Stilmischung, die man sich überhaupt vorstellen kann. Marmor überall, vor allem in den acht Badezimmern. Fernsehzimmer mit importierten portugiesischen Kacheln an den Wänden und einem leise plätschernden maurischen Springbrunnen in der Mitte.

Diesen Cousin mußte ich in meinen Studienjahren ein paarmal um Hilfe bitten. Nachts arbeitete ich als Hilfspfleger im Krankenhaus, es war übrigens ein Heim für sehr alte Patienten in Clarksville, und tagsüber an der Doktorarbeit. Es tat mir nicht gut, kaum zu schlafen, weder Tag noch Nacht, und ich begann eine Art von ziemlich heftigen Kopfschmerzen zu entwickeln, vielleicht Migräneanfälle. Anzeichen einer ernsthaften Überanstrengung, würde ich meinen.

Vor fünf Jahren zum Beispiel.

 Ich mußte ein bißchen langsamer treten, was bedeutete,

um genügend Geld zu betteln oder es als Darlehen zu erbitten, damit ich die noch erforderlichen zwei oder drei Semester ohne eine Menge zufälliger Jobs absolvieren konnte, die meine Forschung lähmten.

Nachdem ich ein paarmal bei ihm angerufen hatte und zwischen den Sekretärinnen hin und her gelotst worden war, wurde mir klar, daß es nicht so leicht werden würde, von Cousin Derek Hilfe zu bekommen, wie ich mir das gedacht hatte. Wenn er nicht in Besprechungen saß, befand er sich im Ausland, in Japan, Italien, überall, an allen erdenklichen Orten, außer in Afrika.

Schließlich rief er selbst an, etwas verlegen, und erbot sich, mich zu Hause zu empfangen, an einem friedlichen Samstagnachmittag nach dem Golf. Golf war ihm offenbar wichtig. Er gab mir sogar den Türcode, den ich eintippen mußte.

Es zeigte sich, daß es ziemlich kompliziert war, die imposanten, elektrisch gesteuerten Eisentore seines Gartens dazu zu bringen, sich zu öffnen, aber als ich schließlich das Auto auf einen kleinen und unbequemen Parkplatz manövriert hatte, stand Cousin Derek da, mit Gartenhut und eleganten Gartenhandschuhen, selbstverständlich draußen auf der Treppe, die in einer sehr seltenen Holzart ausgeführt war.

Er bat mich in die Eingangshalle, die zugleich unpersönlich, monumental und eigentümlich leer war, und führte mich zu einer Tür, die zu meiner Überraschung (ungefähr ab dann war ich nicht mehr überrascht) einen eleganten kleinen Aufzug verbarg. Der uns mit dem diskreten Summen einer Klimaanlage an der Decke durch ein Stockwerk nach dem anderen brachte, bis wir in Dereks Arbeitszimmer ausstiegen. Es war prachtvoll. Es lag in einem eigenen Turm und besaß einen Balkon, der um den ganzen Turm herumlief. Bücherregale aus dunkler Eiche und große helle Fenster lösten sich in einem harmonischen Rhythmus ab.

Mitten in dem runden Zimmer ein eleganter, mit Büchern beladener Schreibtisch, und gleich daneben ein Globus, der sehr alt wirkte. Man hätte meinen können, er stamme aus dem 17. Jahrhundert. Vielleicht aus einem alten italienischen Palazzo. Diesem Verwandten schien mittlerweile das meiste möglich.

Mir wurde ein Besucher- oder Lesestuhl aus Plexiglas angeboten, der mir so modernistisch vorkam, daß ich zuerst nicht recht begriff, wie man darin sitzen sollte. Derek machte keinen Ansatz, es mir zu erklären; er kam direkt zur Sache.

– Du willst also Geld, um deine Doktorarbeit fertig zu schreiben?

– Ja. Falls du nicht so großzügig wärst, mir die Mittel für zwei Jahre zu geben, könnte ich dich vielleicht um ein Darlehen bitten.

– Was ist verkehrt daran, in Pflegeheimen und Restaurants zu arbeiten?

– Ich werde nie fertig. Auf meinem Gebiet geschieht so viel an der Forschungsfront, daß ich nicht nachkomme, wenn ich so weitermache.

– Tatsächlich? Du beschäftigst dich doch mit Philosophie?

– Ja, etwas in der Art.

Er betrachtete mich eingehend und ungeniert, ungefähr wie ein kühler und im Grunde menschlich desinteressierter Arzt seinen Patienten betrachtet.

– Und auf diesem Gebiet geschieht also so viel?

– Ja, sagte ich. Wenn man sich auf dem laufenden hält, wird man entdecken, daß in den syrischen Wüsten immer noch Papyri gefunden werden. Jonathan Barnes aus Cambridge war kürzlich hier und erzählte von einem neu entdeckten Sokratesdialog, der damit beginnt, daß die Schüler Sokrates dazu gratulieren, daß er nicht so dumm war, sich auf einen Prozeß einzulassen. Und in dem er fast als erstes sagt, daß die Suche nach der Wahrheit nicht so wichtig sei, da jede Wahrheit im Prinzip relativ ist.

– Man fragt sich, sagte Derek. Man fragt sich natürlich, ob alle Dinge, die gefunden werden, aus derselben Welt stammen.

– Wie meinst du das?

– Oder ob einige möglicherweise aus Parallelwelten kommen.

– Wie sollte das möglich sein?

– Keine Ahnung. Aber 1993 entdeckten die Partikelforscher des Cern ein Partikel von 46,3 Megaelektronenvolt. Es wurde registriert und fast umgehend wieder aus den Registern entfernt. Es ist ja ziemlich klar, daß es in der normalen Partikelphysik kein solches Partikel geben kann.

– Dann stimmt entweder mit der Messung etwas nicht oder mit der Partikelphysik! rief ich aus. Allerdings gibt es eine dritte Möglichkeit: daß es von einem Ort kam, der nicht zur normalen Physik gehört.

– Woher sollte es dann kommen?

– Was weiß ich. Aus dem Himmel oder aus der Hölle vielleicht.

Ich sah mich um. Das Zimmer war wirklich höchst imposant. Durch das Südfenster sah ich den Coloradofluß in seinen Windungen zwischen den hohen Erosionsufern mäandern. Mindestens dreihundert Meter unter uns zogen lautlose Motorboote ihre Kielwasserstreifen durch das tiefgrüne Wasser. Es war, wie ich schon gesagt habe, ein Tag, an dem gewöhnliche Menschen freihaben und sich draußen auf dem Fluß befinden. In der Ferne sah man die Türme und Gebäude der Stadt, bis hinunter zu den Wolkenkratzern der fernen Geschäftsviertel, und den eigentümlich starren, parallelepipedischen Turm der Universität, diesen Turm, der mit so tragischen Erinnerungen verbunden ist, für manche vielleicht auch mit glücklichen. Aber all das war von diesem Ort aus gesehen plötzlich so weit weg, so belanglos und abstrakt, als gehöre es tatsächlich zu einer anderen Welt.

Das einzige andere Gebäude, das den Eindruck von Wirklichkeit machte, war ein noch größeres Rheinschloß, ein paar Kilometer weiter entfernt auf dem nächsten Hügel gelegen. Es badete gerade in einem ekstatischen Sonnenuntergangslicht, das eine Fensterscheibe nach der anderen zum Aufleuchten brachte, fast, als sende es Signale aus. Mit einem Funken Phantasie könnte man sich eine Landschaft aus lauter solchen Palästen vorstellen, in denen die Götter der IT-Branche hausten und einander Signale sandten, hochmütig oder vielleicht herausfordernd oder ganz einfach mahnend.

Dieser Cousin, der jetzt vor mir saß und mich noch immer betrachtete, als sei ich eine Art bedauernswerter Fall für eine Klinik, hatte in den letzten Jahren noch ein paar weitere Millionen Dollar verdient. Ohne es überhaupt zu merken oder daran denken zu müssen, hätte er mir ohne weiteres ein paar Millionen schenken können. Natürlich hätte er das!

Und hier sitzt er und mustert mich, als wäre ich eine Art Fliege oder ein eigentümliches Insekt, nur weil ich ihn gebeten habe, mir zwanzig oder dreißigtausend zu leihen!

– Donnerwetter! So viel Geld brauchst du?

Der vollendete Fischer

Als der Dekan zu seinem letzten Herbstsemester von etwas zurückkehrte, das er ziemlich vage seinen »Urlaub« nannte (ich vermute, daß er den ganzen Sommer zu Hause hinter vorgezogenen Gardinen verbracht hat), begann er ein eigentümliches Interesse an der Fischerei zu zeigen – am Angeln und an Fischen und den verschiedenen Arten, sie in den stillen oder schnell fließenden Gewässern zu fangen, in denen sie leben. Die ganze Idee, glatte, zappelnde lebende Wesen mit List oder Gewalt oder Überredung aus dem Wasser zu holen, war ihm plötzlich ungeheuer wichtig. Nein, nicht wichtig. Es war auf einmal das einzige, was ihn anscheinend wirklich beschäftigte.

Das habe ich jetzt den ganzen September lang miterlebt. Denn der neueste Einfall des Dekans ist, daß wir zusammen angeln gehen. Er angelt und redet. Ich bin vor allem dabei, um ihm mit dem Rollstuhl zu helfen. Jeden Donnerstag verlassen wir das Büro im West Mall Building und fahren hinunter an den Fluß.

Ich muß gestehen, daß es mich ein wenig ratlos macht.

Er sitzt an der einzigen Stelle, an der man in dieser Flußbiegung sitzen kann, unten am morschen alten Anlegesteg. Genau gegenüber von dem ehemaligen Haus des Richters Caldwell. Das jetzt leer und verlassen scheint. Nachdem der Richter einen Schlaganfall bekam und in eine Eigentumswohnung in Cambridge Towers zog, hat sich offenbar kein Käufer gefunden. Das ist ein wenig merkwürdig. Auch das.

Vielleicht ist das Haus ganz einfach zu groß?

Ich sitze meistens neben dem Dekan und spieße die

Angelwürmer auf. Mir ist nicht langweilig. Dafür sorgen seine Erzählungen. Außerdem habe ich einen richtig guten Feldstecher, um nach den Vögeln zu schauen.

Aber man kann tatsächlich auch anderes schauen.

Wenn man sozusagen ein Schauender ist.

Seit Wochen widmen wir uns nun dieser Tätigkeit.

Es begann mit einer Abmachung. Einer Abmachung unter Gentlemen.

– Ja, ich werde Ihnen helfen, sagte er eines Nachmittags. Wenn Sie wirklich so sehr unter ihm leiden, wie Sie sagen. Wenn es Ihnen wirklich so wichtig ist, dieses Mädchen zurückzubekommen. Ich kann Ihnen helfen, ihn zu beseitigen. Unter einer Bedingung.

– Ja?

– Daß Sie mir einen entsprechenden Gefallen tun. Und daß wir nie mehr darüber reden, wenn es erledigt ist. Abgemacht?

*

Es ist gar nicht so ungewöhnlich, daß Leute zum Angeln an den Fluß gehen. An einem schönen Frühsommermorgen vor ein paar Jahren sah ich sogar einen Herrn, ziemlich elegant gekleidet, der unten im Schilf mit der Trockenfliege angelte. Die einzige Schilfbank auf einer ziemlich langen Strecke. Sonst gibt es hier überwiegend steile, rötliche Felsen. Die in der Abendsonne leuchten. Und mich daran erinnern, daß Abend ist. Bald. Auch für mich. Die Vorstellung, daß man hier, in diesen warmen und ziemlich verschmutzten Gewässern, etwas mit der Trockenfliege fangen könnte, ist die reine Torheit. Niemand, außer möglicherweise die Farbigen und der eine oder andere Mexikaner, ißt den Fisch von hier.

Vor etwa zehn Jahren gab es einen Verein, der direkt unter dem Mueller-Damm Lachsforellen aussetzte. Wo also das kalte Wasser aus den tiefsten Schichten des Lake Travis, aus einer Tiefe von vielleicht hundert Metern oder noch tiefer, plötzlich zu Oberflächenwasser wird. »Die Letzten werden die Ersten sein«, sagt der Dekan.

Die Lachsforellen hielten sich eine Weile, ungefähr wie Aquarienfische sich erstaunlich lange ohne Sauerstoff und Nahrung halten können, sie hielten sich eine ganze Saison in dem schnellen, eiskalten Wasser unter dem Damm, glaube ich.

Dann waren sie weg.

Ich brauchte eine ganze Weile, bis ich herausfand, daß dieser Mann auf der anderen Seite, der Mann mit dem grünen Hut – der mit einer gewissen Hartnäckigkeit wiederkehrte, besonders an den Donnerstagnachmittagen –, tatsächlich auf Karpfen aus war.

Ja! Das ist das einzige, was mich an dieser Sache interessiert hat, bis auf den Dekan natürlich. Die großen, silberglänzenden und bleigrauen Karpfen, die da draußen im Grundwasser stehen.

Es ist ja bekannt, daß Karpfen schwer zu fangen sind. Den Blinker meiden sie, und auch bei den Würmern beißen sie kaum an. Wenn man keine ganz besonderen Kniffe kennt, glaube ich, daß man sie am sichersten mit dem Netz fängt.

Die Römer haben sie nach Europa gebracht, von irgendwoher aus Asien, und wann sie hierher nach Amerika gelangt sind, weiß ich nicht. Ich werde es nachschlagen, wenn, oder falls, ich wieder in die Nähe der Bibliothek komme. Unterdessen begnüge ich mich damit, ein Schauender zu sein.

Die Römer hielten ihre Karpfen in Teichen und schätzten ihren fetten Geschmack. Bei Procopius gibt es sogar einen Hinweis, daß man sie mit Sklaven fütterte, die ihre Arbeit vernachlässigt hatten und die man loswerden wollte. In Europa findet man sie, wie man mir gesagt hat, nicht selten in den alten Wallgräben der Schlösser, riesige fette Karpfen, die mitunter seit hundert Jahren oder länger dort leben. Die Römer hatten überhaupt einen eigentümlichen Geschmack, was Fisch betrifft. Sie haßten den Hecht, der nach Ausonius die billigen Wirtshäuser mit seinem widerlichen Gestank erfüllt, und sie liebten das Neunauge, diesen kleinen Wurm, der nicht einmal ein Fisch ist, sondern ein Rundmaul, ein Überbleibsel aus dem Kambrium oder was weiß ich, eine Anomalie; ein Ekeltier, eine Ahnung davon, wie scheußlich, blind und hungrig das Leben in den alten, verschwundenen geologischen Zeitaltern gewesen sein muß.

Rundmaul, ein Maul, das nur eine Art Öffnung ist, die ansaugt, was sie kann. Typisch Tier. Manche Tiere sind wirklich nichts anderes als schwimmende Mäuler.

*

An diesem Morgen hat er, der andere also, am gegenüberliegenden Ufer bereits drei Karpfen herausgezogen, der dritte ist sogar von beachtlicher Größe. Beim Dekan hat gar nichts angebissen. Er angelt nur und redet.

Es kommt mir komisch vor. Ich möchte wissen, was für Tricks er hat. Dieser andere. Und was er mit den Fischen anfangen will. Er ist kein Farbiger. Die Angler hier am Fluß sind, wie gesagt, normalerweise Mexikaner oder Farbige. Er ist definitiv weiß. Er trägt einen grünen Hut, einen Stetson Field, wenn ich mich nicht irre, und daher kann ich nicht sehen, ob seine Haare weiß sind. Soweit ich es mit meiner Vergrößerung erkennen kann (ich meine die Vergrößerung meines Feldstechers), könnte er ebensogut glatzköpfig sein. Wie Mr. Douglas Melvin Smith. Aber sein Bart ist grau meliert. Er hat eine Art Anglertasche aus grünem Material, die er über der Schulter trägt. Da legt er sie offenbar hinein. Die Karpfen. Ich möchte wissen, ob er groß oder klein ist. Aus dieser Entfernung ist es schwer, die Proportionen eines Menschen einzuschätzen.

Etwas irritierend ist, daß er genauso gekleidet ist wie mein Chef, Professor Paul Chapman.

Weiße Hosen, fast wie ein Baseballspieler, elegantes weißes Sakko, eine weiße Sportmütze auf dem Kopf. Viel zu tadellos und elegant für einen Angler. Von hier aus wirkt er wie ein Zwillingsbruder des Dekans.

Allerdings ohne Rollstuhl.

Ich meine: der andere hat keinen Rollstuhl.

Übrigens wird Paul Chapman wohl allmählich zur Legende. Mit der Zeit.

Der Dekan fragt, ob man ihn von hier aus – rein theoretisch gesehen – erschießen könnte? Auch ihm muß die Ähnlichkeit aufgefallen sein. Oder was immer an diesem Karpfenangler sonderbar ist.

Ich würde sagen, es sind etwa zweihundertfünfzig Meter. Nun, der Dekan hat keine Waffe mit Zielfernrohr zu Hause. Und auch nirgends sonst. Wozu auch? Er besitzt ja eine Alarmanlage.

Aber ich vermute, daß der Dekan seinerzeit schießen konnte wie ein richtiger Teufelskerl. In Vietnam. Einige seiner Geschichten deuten darauf hin.

– Ich möchte wissen, was dieser andere für ein Kerl ist, sagt der Dekan. Und wie er da heruntergeklettert ist. Man könnte ihn fast für einen Alpinisten halten. Ich kenne den

Pfad nicht, der da drüben hinunterführt, aber er muß sehr steil und fast zugewuchert sein.

Jedenfalls hat er nicht hierhergeschaut. Oder vielleicht doch. Aber dann rein zufällig. Wäre ihm aber bewußt, daß ich hier sitze (oder zu Hause hinter der Gardine, oder am Küchentisch) und ihn andauernd beobachte, würde er es vermutlich vermeiden, in diese Richtung zu schauen. Oder nicht?

Wenn er mit dem Boot gekommen wäre, müßte man es ja sehen. Oder hat er es irgendwo versteckt?

Ich muß gestehen, dieser Mann macht mir ein bißchen Kopfzerbrechen.

Es ist sehr lange her, seit der Dekan zum letzten Mal einen Menschen mit einem Gewehr mit Zielfernrohr erschossen hat. Ich bin mir nicht sicher, ob er es wirklich kann.

Heute noch.

Wenn es so wäre, könnten wir uns gegenseitig von Nutzen sein. Ich könnte mich um den Besucher kümmern, den er nicht empfangen will.

Und er? Könnte er mir wirklich mit Cousin Derek behilflich sein?

Mr. Douglas Melvin Smith?

Nein. Selbst wenn er in Vietnam dabeigewesen wäre.

Nein. Kein Zufall. Die Eifersucht war der Grund. Meine bohrende, entsetzliche Eifersucht. Die wie eine Krankheit anfing, eine unheilbare Krankheit, an dem schrecklichen Nachmittag, an dem ich erfuhr, daß ich meine Geliebte mit meinem verhaßten Verwandten Derek teilte.

Und der Dekan? Er vertraute mir etwas an:

– Ich habe vielleicht erwähnt, daß es irgendwo einen Verräter gegeben haben muß. Vielleicht einen Kellner in einem Kasino. Oder eine Putzkraft bei einem nachlässigen Funker, der dumm genug war, seine Papiere nicht zu zerstören.

Es gab so viele Labyrinthe. So viele unterirdische Verbindungen zwischen uns und der Gegenseite.

Ich war noch im Krankenhaus und sollte nach Hause transportiert werden, als einem meiner Freunde aus reinem Zufall eine Liste mit einer ganzen Reihe von ihnen in die Hände fiel, den Spionen, den Verrätern, den Informanten. Die meisten von ihnen, die überwiegende Mehrheit, waren natürlich nordvietnamesische Agenten, die in verschiedenen Funktionen bei uns und unseren Alliierten eingesickert waren.

Aber es gab merkwürdigerweise auch einige andere. Amerikaner, die so tief im Wahnsinn steckten, oder im Drogenmißbrauch oder im politisch bedingten Irrsinn, daß sie zu allem bereit waren. Besonders einer.

Von Rechts wegen hätten wir ihn dem militärischen

Nachrichtendienst übergeben müssen. Aber das taten wir nicht.

Keinesfalls aus Wohlwollen, falls Sie das annehmen. Wir haben uns seiner auf eine diskretere und schnellere Art entledigt.

Mr. Douglas Melvin Smith?

Was er damit zu tun hat?

Nun, es scheint so, als wisse er etwas über diese Sache. Er hat mehrmals schriftlich bei mir angefragt, ob er mich für ein Buch interviewen dürfe, an dem er arbeitete. Über den Krieg und die Kriegsmoral. Etwas in der Art.

Wie Sie verstehen, bin ich nicht gerade erpicht darauf, bei so etwas mitzumachen.

Ich wäre kurz gesagt froh, wenn er von hier verschwände. Ich habe ihm das klarzumachen versucht, aber der Mann ist neugierig und hartnäckig wie eine Ratte.

Ja, genau: wie eine Ratte.

– Ich verstehe, sagte ich.

Dieser Ausdruck bedeutet außerordentlich oft das genaue Gegenteil.

In diesem Moment begriff ich, daß ich ihm etwas schuldig war. Er hatte mich gelehrt, daß man letzten Endes seinen eigenen Tod aufsuchen muß.

Um ihn zu überwinden.

Cousin Derek: Das Ende dieser Geschichte

Der Weinberg wurde nicht das, was Cousin Derek sich vorgestellt hatte. Er wurde von irgend etwas befallen. Vielleicht von Insekten, oder von einem Virus. Von der Straße aus war es deutlich zu sehen. Obwohl er so fachmännisch am Südhang zum Lake Travis hinunter angelegt war, mit allem Drum und Dran.

Seit einiger Zeit hielt er sich ja, aus guten Gründen, nicht mehr dort auf.

Mary Elizabeth und ich fuhren hinaus und badeten im Deep Hollow, nicht am Nacktbadestrand (ich kann häßliche Menschen nicht ausstehen, habe es nie gekonnt, schöne Menschen gehen nie an Nacktbadestrände), sondern an einem der steilen Strände unterhalb des Campingplatzes. Wir konnten stundenlang in dem lauen, kalkhaltigen Wasser sitzen und miteinander reden, während die kleinen Fische so unbekümmert wurden, daß sie sich bis zu unseren Zehen vorwagten.

Blaue Berge, die Ausläufer von Texas Hill County, zeichneten sich im Norden ab. Armaden von fernen Segelbooten schwärmten in dem großen Gatt bei Windy Hook aus. Bei uns hier unten am Steilhang war es sehr ruhig. Wir konnten im großen und ganzen tun, was wir wollten. Und wir taten es auch.

Wir kehrten nicht in die Stadt zurück, sondern fuhren weiter die gewundene Straße an der Bucht entlang und kamen in den Schatten von Dereks Toreinfahrt.

– Hast du ihn kürzlich gesehen? fragte Mary Elisabeth.

– Nein. Ich glaube, mittlerweile ist er fast ständig auf Reisen. Ich möchte wissen, ob es in diesem Haus einen einzigen Menschen gibt. Der Rasen wird ja vom Gärtner gemäht. Mexikaner mit Blasmaschinen entfernen das heruntergefallene Laub. Für die Nächte hat er ein Programm, das die Lampen in den verschiedenen Räumen an- und ausmacht, die Klospülungen betätigt und über Lautsprecher Stimmen und Hundegebell vortäuscht. Heutzutage hat das jeder. Ich glaube nicht, daß er – sozusagen im eigentlichen Sinn – überhaupt noch da wohnt.

– Wie kannst du das wissen?

– Das ist doch offensichtlich. Soll ich dir zeigen, wie es jetzt da drinnen aussieht?

– Du bist nicht bei Trost.

– Ich habe die Schlüssel.

Es war ein entferntes Geräusch. Aber es war trotzdem störend. Nicht besonders stark. Aber hartnäckig. Es wollte nicht aufhören.

Irgendwo in dem enormen Haus klingelte ein fernes Telefon. Meine schnellen, flüchtigen Träume hatten auf zehn verschiedene Arten versucht, eine Erklärung dafür zu finden, doch es gelang ihnen nicht. Normalerweise hören Telefone nach einer Weile auf zu klingeln. Dieses nicht. Behutsam schob ich das jetzt schlafende Mädchen von mir weg. Sie schlief, in all ihren Windungen und Ecken und Winkeln. Sie schlief, und sie war ein Labyrinth. Ein schwacher, sehr intimer Geruch von ihr, von Mary Elizabeth und keiner anderen, stieg von ihrem Bauch auf, ein schwacher Duft nach billigem Shampoo und etwas anderem, Interessanteren.

Für einen Augenblick verspürte ich ein wildes Glück darüber, sie zurückbekommen zu haben. Die Eifersucht, der entsetzliche Schmerz darüber, daß sie mehrere Monate lang einem anderen Mann gehört hatte, daß diesem anderen erlaubt war, seine verhaßten dämonischen Spermien in sie zu entleeren, dieser ganze brennende Gedanke begann allmählich zu weichen. Wenn auch nur einen Millimeter von meiner brandversehrten, geröteten und nässenden Seele entfernt. Sie schlief.

Und schlief in mir. Und alles war ihr Schlaf.

Endlich, schien es mir, herrschte zwischen uns eine Art subtiles Gleichgewicht. Keiner war mehr stärker als der andere. Und der Schlaf war der Stärkste von uns beiden. Und das war möglicherweise das Verdienst des Pilzes. Eine seltsame Landschaft, bevölkert von vollendeten mondhellen Männern. Ihre Schultern werfen das Licht eines kranken Mondes zurück. Eine Landschaft, in der Schamanen kopfunter in uralten Eschen hängen, bis sie am dritten Tag wieder heruntersteigen können.

Klüger als zuvor.

War es der dritte Tag?

Sie schlief die Welt. Singender Gott, wie hast
du sie vollendet, daß sie nicht begehrte,
erst wach zu sein?

Während das Telefon nicht lockerließ und ich beinah angefangen hatte, mich in ein Leben hineinzuversetzen, in dem ein fernes Telefon für immer klingeln würde, gab es plötzlich ein anderes Geräusch, ein unheilvolleres. Der Aufzug hatte sich in Gang gesetzt. Er war auf dem Weg hinauf. Ich kam auf die Füße, nackt, und ziemlich verwirrt, wie ich war, rannte ich hinaus auf den obersten Absatz der Marmortreppe.

Wenn es wirklich Derek war, der zurückkehrte, ich schwöre, ich wäre bereit gewesen, ihn zu töten. Er oder ich.

Und nichts Drittes.

Der Aufzug blieb ordnungsgemäß stehen. Bewaffnet mit einer Bronzestatue, die ich auf dem Treppenabsatz von ihrem Piedestal aus meerwassergetränkter Eiche gehoben hatte, riß ich die Aufzugstür auf. Ich war bereit zu töten, ja, ich hätte es mit der tiefsten Befriedigung getan.

Aber da war niemand. Es war nur ein außerordentlich leerer, gesäuberter und staubgesaugter Aufzug mit blankem Messing und geputzten Scheiben.

Die harten Kokosfasern des Teppichs kratzten unter dem Fuß, als wäre dieser Fuß, nach allem, was er mitgemacht hatte, gerade jetzt überempfindlich geworden. Ich rannte hinunter, immer weiter hinunter, von Etage zu Etage, aber immerzu schien sich das Telefon einen Stock unter mir zu befinden. Es war wirklich eine Stimme von unter der Erde.

Ich mußte eine Weile suchen, bis ich merkte, daß es aus einem Bügelzimmer kam, einem Zimmer neben der Waschküche im Keller. Da stand wohl das letzte, unterste Telefon von allen in diesem merkwürdigen Haus, neben einem Bügelbrett und ein paar leeren Wäschekörben.

Es stand nur da und klingelte. Ich nahm den Hörer ab.

Was erwartete ich? Wer erwartete mich? Die Stimme Gottes? Oder vielleicht sogar ...? Nein. Ich wußte ja, daß es nicht möglich war. Natürlich war niemand dran.

Für einen Moment kam mir die sonderbare Idee, es könnte der Dekan sein, der anrief.

Aber das war ja unmöglich. Wie sollte er wissen, daß ich hier war?

Sicherheitshalber öffnete ich die Tür zu der großen Garage. Es war keine gewöhnliche Garage, weil es ebensogut ein Gesellschaftszimmer war, mit Korbstühlen und Tischen und verschiedenen sportlichen Stickers an den Wänden. Die beiden Sportwagen standen da, gewachst und gewienert bis zum letzten Chromteilchen. So gepflegt, daß sie nicht einmal mehr nach Benzin rochen.

Und alles war plötzlich ganz still und ruhig.

Nur daß Derek verschwunden war.

Als ich ins Erdgeschoß zurückkam, stand der Aufzug da, dunkel und leer. Als wäre nichts geschehen.

War Derek zurückgekommen? Oder hatte nur ein defekter Schaltkreis in der Sicherheitszentrale des Hauses diesen Streich gespielt?

Aber Mary Elizabeth lag noch in dem Bett. Genauso unschuldsvoll schlafend wie zuvor.

Und fast ein Mädchen war's.
Und schlief in mir.
Und alles war ihr Schlaf.

Wir lagen nebeneinander auf dem großen Bett in Cousin Dereks prachtvollem Schlafzimmer, und wir nahmen die vorgeschriebene Dosis in Milch aufgelöst ein. Zunächst geschah nichts. Gar nichts. Ich sah Mary Elizabeths seltsame, ein wenig leuchtende Augen, die mich im Schein der Bettlampe interessiert betrachteten, und es schien, als sei es im Grunde eine Katze, die ich sah. Oder möglicherweise war es so, daß ich unterwegs in einen Zustand war, in dem ich nicht mehr überzeugt war, ob ich den Unterschied kannte. Den Unterschied zwischen einem Menschen und etwas anderem, was eine Katze sein konnte.

Ich lag da und hörte das leise Knarren der meteorologischen Wetterfahne, die sich genau über uns befand, immer stärker werden. Wir befanden uns ja im obersten Zimmer des Hauses. Mit Fenstern in alle Richtungen, hinaus auf die dunkle Nacht, mit dem schwachen Lichtschein unten im Osten, wo die Stadt Austin die schnellen, unruhigen Nachtwolken beleuchtete. Was braute sich zusammen?

Doch als sei das, was jetzt war, eigentlich vor langer Zeit geschehen. Der Dekan hatte mich vor etwas gewarnt, daß er Störungen des Stirnlappens nannte. Man könnte von diesen Pilzen Störungen des Stirnlappens bekommen. Die Gefahr nachhaltiger Schäden sei gering, behauptete der Dekan.

Es war wirklich so, als sei an der Zeit selbst ein subtiler Fehler aufgetreten. Normale Zeit besteht ja aus einem »Jetzt«, umgeben von einer Vergangenheit, die nur aus Erinnerungen gebildet wird, und einem »Gleich«, einer unsicheren Zukunft, die eigentlich nur aus verschiedenen

Erwartungen oder von der Vergangenheit hervorgerufenen Befürchtungen erwächst. Aber jetzt war auch »jetzt« Vergangenheit geworden. Es war schwierig, nicht an den Dekan und seinen Doktor Bob zu denken. Was hatte er noch gesagt? *Ach, du bist so einer, der glaubt, daß die Zeit existiert?*

Vermutlich, hatte mir jemand gesagt, beeinflußt das Muscarin den Zeitlappen im Gehirn. Das ist ja eine beruhigende Erklärung. Aber was ich empfand, war das etwas unheimliche Gefühl, eine unangenehme Wahrheit zu entdecken. Mich selbst als etwas Vergangenes, Historisches zu sehen, als einen Knochen in den Kökkenmöddingern der Steinzeit, oder als eine römische Münze, gefunden im tiefen Schlamm im Zentrum einer seit Jahrtausenden versunkenen Trireme.

Das Merkwürdige war, daß das Mädchen für mich intensiv anwesend blieb. Aber jetzt als Katze, weniger und weniger Mädchen, mehr und mehr Katze. Aber keine nette altmodische Hauskatze, sondern eher ein mythologisches Katzenwesen.

Und immer lauter knarrte die Wetterfahne.

Aber das ist doch nicht, was man mir versprochen hat.

Hörte ich meine eigene Stimme zu mir selber sagen.

Aber was hatte man mir versprochen?

Der Dekan, der mich dahin gebracht hatte, in diesen Science-fiction-Buchladen in den südlichen Stadtteilen, hatte mir wirklich nichts versprochen.

In Wahrheit hatte er mir nichts versprochen.

Ich überlegte gerade, wie ich diese infernalische Stimme und ihr Genörgel loswerden könnte, als sie verschwand. Aber vielleicht war es so, daß alle Geräusche plötzlich verschwunden waren?

Aus dieser Stille löste sich der erste Schatten. Er kroch hinter der scheinbar reglosen Gestalt des Mädchens über die Wand. Es war ein Schatten, nichts als ein Schatten, und er schien sich nähern zu wollen. Aber er blieb immerzu auf der anderen Seite des Mädchens. Ich fand es eigenartig, daß ein Schatten sich auf eine solche Weise benahm.

Dann begann die Reise. Die Reise, die der Dekan einmal ausführlich beschrieben hatte, die ich mir aber trotzdem nie so recht hatte vorstellen können. Es ist sehr schwierig, auch nur ganz allein für mich die Fortsetzung zu beschreiben. Es gibt Träume, die so erschreckend sind, daß man nicht recht eingestehen kann, sie gehabt zu haben, nicht einmal sich selbst. Ich sah Gesichter, oder besser gesagt, Gesichtsausdrücke, Masken, die in ihrer grotesken Bosheit alles übertrafen, was ich mir hatte vorstellen können. Ich sah mich selbst als trockenes Skelett am Boden eines seichten Meeres.

Und wieder hörte ich diesen sonderbaren kleinen Gesang, die Beschwörung:

Spencer Spencer,
geh leise!
Sprich nicht mit den Fliegen!
Du bist jetzt bei den Pilzen.
Laß dich nicht von ihnen täuschen!

Die Pilze können dich lehren, was du willst.

Wo hatte ich das schon einmal gehört? Rilke hat doch wohl nicht über Pilze geschrieben?

Nein. Über Pilze hat Rilke nicht geschrieben.

*

Ja. Ich habe es getan.

Ich habe mich des Problems angenommen.

Falls es nun überhaupt ein Problem war.

Mit einem Gewehr mit Zielfernrohr. Genau von der Stelle am Ufer aus, die mir als geeignet erschien.

⋆

Ich hätte es natürlich nicht getan, wenn der Dekan mich nicht darum gebeten hätte. Und ich hatte mich ja schon daran gewöhnt, seine Befehle auszuführen.

Ich bin jetzt auf die Lösung meines Problems gekommen, das ziemlich kompliziert war. Ich habe zu Ende geschrieben und muß nicht mehr schreiben. Morgen werde ich meine letzte Wochenrechnung bei Mr. Archibald Primrose begleichen, dem Kunstmaler und Pensionsbesitzer, und mich dann auf meinen eigenen Weg hinaus in das große Nichts machen. Zu Fuß, glaube ich.

Niemand und nichts braucht mich noch in Sturdy Batte. Mein Aufenthalt hier ist beendet.

Aber natürlich habe ich meine Vermutungen. Ich war es, der die Probleme gelöst hat. Zum ersten Mal für den Dekan.

Und das alles, um dem Dekan zu gefallen. Aber dann konnte ich es nicht mehr ertragen. Daß der Dekan alles wußte. Daß er händereibend in seinem Rollstuhl saß und sich darüber freute, alles zu wissen. Nicht nur über mich, sondern über alle Menschen, über den Verwaltungsdirektor, über den Rektor, über die anderen Dekane, über seine Sekretärinnen – über alle. Alle, sage ich! So jemand darf es einfach nicht geben! Das muß doch jeder verstehen.

⋆

Ich habe die Lösung gefunden. Gestern am späten Abend habe ich sie gefunden, als ich wieder, und wie ich glaube, zum letzten Mal, diese Aufzeichnungen durchging. Es ist eigentlich sehr einfach:

Kein Spencer Spencer hat einen anderen Menschen getötet. Niemals.

Und schon gar nicht den Dekan.

Und wird es auch nicht tun.

Und zwar aus einem ganz einfachen Grund.

Auf den ich gerade gekommen bin. Ich allein.

Ich bin nicht Spencer Spencer.

Eine Person wie Spencer Spencer hat es nie gegeben. Eine solche Person kann es einfach nicht geben. Und folglich existiert sie auch nicht.

Das war es, was zu beweisen war.

Und ich?

Ich fand meinen Schlaf wieder.

Nach so vielen Nächten.

Diesen in totaler Schlaflosigkeit verbrachten Nächten. An einem steilen, dürren Hang aus Nichts, den ich Stunde für Stunde zu erklimmen schien, ein ausgetrocknetes Flußtal, in dem nichts wuchs und gedieh, beleuchtet von einem unangenehmen rötlichen Sonnenlicht, dem man nirgends entkommen konnte, fand ich plötzlich im Boden der Seele ein Loch, wie in einem alten Brunnen. Und in diesem Brunnen, der unendlich tief erschien, war der Schlaf wie eine Dunkelheit. Ich beugte mich hinunter, ich trank von dieser Dunkelheit. Ich hatte, scheint es, einen heimlichen Ort gefunden, eine Grube in der dürren Landschaft der Seele, wo sich der Schlaf, noch verborgen, befand, und er rollte über mich hin wie eine Flutwelle, wie eine Überschwemmung.

Und fast ein Mädchen war's. Dieser Schlaf, der nur für mich da war, für keinen andern.

Und ich schlief eine ganze Nacht, ich schlief tatsächlich den ganzen Morgen weiter, ich scherte mich nicht um das aggressive Morgenlicht, scherte mich nicht um das wilde Krähen des Hahns. Scherte mich nicht darum, wer ich war und wer ich hätte sein können.

Ja. Ich schlief.

Kommentar der Herausgeberin

Das Manuskript wurde in Dr. Spencers hinterlassenem Auto, einem Pick-up, unter dem Reservereifen im Kofferraum gefunden. Es hat vermutlich an dieser für eine Handschrift höchst ungeeigneten Stelle gelegen, seit der Besitzer des Wagens es dort deponierte.

Dr. Spencers Aufzeichnungen bilden keine vollständig zusammenhängende Einheit. Die Seiten bestehen zum größten Teil aus Schreibmaschinenpapier des Standardtyps, wie es an der University of Texas verwendet wird. Bei anderen Seiten handelt es sich offenbar um Papier, das dem Verfasser gerade zur Hand war, Umschlagpapier, Karteikarten, ja in einigen Fällen sogar herausgerissene Notizbuchseiten.

Die Abfolge, welche die Herausgeberin gewählt hat, richtet sich nach den manchmal ziemlich langen Reihen von Paginazahlen, die noch lesbar sind. Die Beziehung zwischen diesen Inseln von Zusammenhängen kann jedoch nicht mit absoluter Gewißheit rekonstruiert werden.

Textverluste wurden gekennzeichnet. Sie kommen, wie hieraus hervorgeht, an mehreren Stellen vor. Wie umfangreich diese Lükken sind, läßt sich leider nicht immer feststellen. Teils handelt es sich um reine Feuchtigkeitsschäden, die ein, zwei Seiten unleserlich machen, teils scheint es, als seien einige Seiten absichtlich entfernt worden, vermutlich von Dr. Spencer selbst. Oder möglicherweise von einem anderen, früheren Leser. Was jeweils der Fall ist, läßt sich im nachhinein kaum feststellen.

Elizabeth Ney
The University of Texas in Austin, Juni 2002